陕西出版资金资助项目

平等阁诗话

狄葆贤 著

中国现代出版家论著丛书

主编 郝振省

西北大学出版社

作者简介

狄葆贤（1873—1941），近代诗人，文学批评家。字楚青、楚卿，号平子、平等阁主人。江苏溧阳人。幼随父学耕，生长江西，后居沪。早年中举人，后留学日本，为康有为唯一的江南弟子。他工诗能文，信仰佛学，在《清议报》《新民丛报》发表诗词多首。擅诗文、书、画。家富收藏，精鉴别。

1904年夏，由康有为、梁启超集资，在沪创办《时报》，锐意革新报纸业务，声称出版该报“非为革新舆论，乃系革新代表舆论之报纸”。后因与康、梁意见分歧，辛亥革命后独资经营；曾在北京发刊京津版《时报》与上海《民报》，不到两年即停。

民国10年（1921年）《时报》转让给黄伯惠经营，始脱离报业。除《时报》外，还办过有正书局，出版《小说时报》《妇女时报》和《佛学丛报》。著作有《平等阁诗话》《平等阁笔记》等。

编辑说明

狄葆贤是我国近代诗人、文艺批评家，曾办过《时报》、有正书局，出版过《小说时报》等刊物。

《平等阁诗话》是他在1946年在永祥印书馆出版的记录清末我国文坛有关诗人诗词创作的逸闻趣事集子。百年前的中国，积贫积弱，腐朽的清王朝风雨飘摇；外国列强虎视眈眈。觊觎中华。我国有识之士，深感切肤之痛，不由振臂疾呼，力图唤醒麻木的人民。这些诗歌就是对当时社会的真实写照。

这次整理重版，改原版竖排繁体字为横排简体字，改正了异体字、俗体字等，核改了一些错讹字句，依现今规范添加了文中大量引诗的篇名书名号、记录诗词的引号以别评论文字等，以方便今天读者的阅读。

总　序

“中国现代出版家论著丛书”，选集张元济等中国现代出版拓荒者14人之代表性作品19部，展示他们为中国现代出版奠基所作出的拓荒性成就和贡献。这套书由策划到编辑出版已有近六个年头了，遴选搜寻作品颇费周折，繁简转化及符合现今阅读习惯之编辑加工亦费时较多。经过多方努力，现在终于要问世了，作为该书的主编，我确实有责任用心地写几句话，对作者、编者和读者有个交代。尽管自己在这个领域里并不是特别有话语权。

首先想要交代的是这套选集编辑出版的背景是什么，必要性在哪里？很可能不少读者朋友，看到这些论著者的名字：张元济、王云五、陆费逵、钱君匋、邹韬奋、叶圣陶等会产生一种错觉：是不是又在“炒冷饭”，又在“朝三暮四”或者“朝四暮三”？如此而然，对作者则是一种失敬，对读者则完全是一种损失，就会让笔者为编者感到羞愧。而事情恰恰相反，西北大学出版社的同仁们用心是良苦的，选编的角度是精准的，是很注意“供给侧改革”的。就实际生活而言，对待任何事物，怕的就是“一叶障目，不见泰山”，怕的就是浮光掠影，道听途说；怕的就是想当然，而不尽然。对待出版物亦是这样，更是这样。确实不少整理性出版物、资料性出版物，属于少投入、多产出的克隆性出版；属于既保险、又赚钱的懒人哲学？而这套论著确有它独到的价值。论著者不是那种“两耳不闻窗外事，闭门只读圣贤书”的出版家，而是关注中华民族命运，焦急民族发展困境的一批进步知识分子。他们面对着国家的积贫积弱，民众的一盘散沙，生活的饥寒交迫，列强的大举入侵，和“道德人心”的传统文化与知识体系不能拯救中国的危局，在西学东渐，重塑知识体系的过程中，固守着民族优秀文化的品格，秉承“为国难而牺牲，为文化而奋斗”的使命，整理国故，传承经典，评介新知，昌明教育，开启民智，发表了一系列的论著，为我们国家和民族的现代出版文化事业进行了拓荒性奠基。如果再往历史的深层追溯，不难看出，他们身上所体现的代表中国传统知识分子心胸与志向的使命追求，正如北宋思想家张载所倡言的：“为天地立心，为生民立命，为往圣继绝学，为万世开太平”。我们为中华民族这些前仆后继、生生不息的思想家们肃然起敬。以张元济等为代表的民国进步出版家们，作为现代出版文化的拓荒奠基者，其实就是一批忧国忧民的思想大家、文化大家。挖掘、整理、选萃他们的出版文化思想，其实就是我们今天继承和弘扬优秀传统文化的必然之举，也是为新时代实现古今会通、中西结合的创造性转化与创新性发展提供借鉴的必须之举。

不仅如此，这套论著丛书的出版价值还在于作者是民国时期我们这个国家和民族最有代表性的一个文化群体，一批立足于出版的文化大家和思想大家；14位民国出版家的19部作品中，有相当部分未曾出版，具有重要的填补史料空白的性质，对于这个领域的研究者、耕耘者都是一笔十分重要的文化财富之集聚。通过对拓荒和奠基了中国现代出版事业的这些出版家部分重要作品的刊布，让我们了解这些出版家所特有的文化理念、文化视野、人文情怀，反思现在出版人对经济效益的过度追求，而忘记出版人的文化使命与精神追求等等现象。

之所以愿意出任该套论著丛书的主编还有一层考虑在里面。这些现代出版事业拓荒奠基的出版家们，其实也是一批彪炳于史册的编辑名家与编辑大家。他们几乎都有编辑方面的极深造诣与杰出成就。作为中国编辑学会的会长，也特别想从中寻觅和探究一位伟大的编辑家，他的作派应该是怎样的一种风格。张元济先生的《校史随笔》其实就是他编辑史学图书的原态轨迹；王云五的《新目录学的一角落》其实就是编辑工作的一方面集大成之结果；邹韬奋的《经历》中，就包含着他从事编辑工作的心血智慧；张静庐的《在出版界二十年》也不乏他的编辑职业之体验；陆费逵的《教育文存》、章锡琛的《<文史通义>选注》、周振甫的《诗词例话》等都有着他们作为一代编辑家的风采与灼见；赵家璧的三部论著中有两部干脆就是讲编辑故事的，一部是《编辑忆旧》，一部是《编辑生涯忆鲁迅》，其实鲁迅也是一位伟大的编辑家。只要你能认真地读进去，你就会发现一位职业编辑做到极致就会成为一位学者或名家，进而成为大思想家、大文化家，编辑最有条件成为思想家、文化家。“近水楼台先得月，就看识月不识月”。我们的编辑同仁难道不应该从中得到启发吗？难道我们不应该为自己编辑职业的神圣性而感到由衷的自豪与骄傲吗？

这套丛书真正读进去的话，容易使人联想到正是这一批民国时期我国现代出版事业的拓荒者和奠基者，现代出版文化的开创者与建树者，为西学东渐，为文明传承，作出了巨大的历史性贡献。他们昌明教育、开启民智的出版努力，他们所举办的现代书、报、刊社及其载体实际上成为马克思主义向中国传输的重要通道，成为中西文化发展交融的重要枢纽，成为当时的中国先进知识分子寻求和探究救国、救民真理的重要精神园地。甚至现代出版事业的快速发展与现代出版文化的初步形成，乃是中国共产党成立、诞生的重要思想文化渊源。一些早期共产党人就是在他们旗下的出版企业担任编辑出版工作的，有的还是他们所在出版单位的作者或签约作者。更多的早期共产党人正是受到他们的感染和影响，出书、办报、办刊而走上职业革命道路的。从这个意义上讲，我们对民国出版家及其拓荒性论著的价值的重视还很不够。而这套论著丛书恰恰可以对这个问题有所补救，我们为什么不认真一读呢？

是为序。

郝振省

2018.3.20

前　序

风人之咏，流派万变。综其橐籥，不外感物而鸣。意有所触而成声，声之所荟而成句。世代递嬗，灵境日辟。标新树异，务屏陈言。义无悖乎古人，辞自推为作者。虽起往圣于千祀，当亦不废斯言。余少耽诗，而尤耽今人之诗。追壮溯江上下，驰驱于燕赵之郊。所与游处，皆一时名贤豪俊及岩穴之奇，又类多能诗者，心焉识之不忘。时遘阳九厄运，惊爂书飞，戎马叩关，车驾西狩。已而天地清明，复我故都。念乱图治，聿新区宇。余亦倦游知返，栖息沪滨。抚序感物，悄然有怀旧之思。爰萃今人之作，上及往宿逸篇，猎其华而存其概，杂书为诗话，久之得数百条。扫愁之帚，诊痴之符，聊自怡悦。不虞丁未春暮，遘祝融之灾，稿草烬焉。方谋从事搜辑，属有梦盦居士者，括其选录之编见归。且媵以书曰：邦人摹效欧诗，谓欧洲人之诗寖成风气。日即于西，而去古愈远。是宜执简以驭繁，好博而尚古。以是淑世，而上几于雅乐。其言博大而可循，选本亦简洁醰醰有味。虽间邻独断，然悉寓精思。则饩羊之存，其意在斯乎，其意在斯乎。把玩欢笑，惧更散逸。爰述其缘起，排比为二卷。续有得者，胥著于篇。冀踵语林以成书，长留正始之逸响也。宣统庚戌六月，平等阁主人自记。

目 录

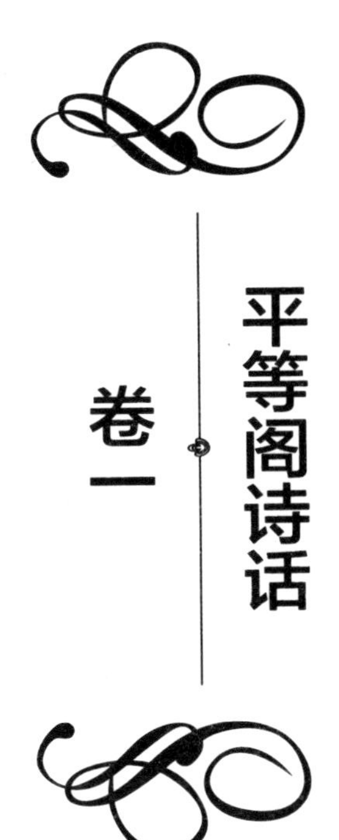

平等阁诗话

卷一

词章一道，余幼时即好之綦笃。嗣因国势阽危，师友每以玩物丧志相诫，十年来此事遂废。庚子冬间羁旅北方，时则京师残破，关外沦为异域。居民流离，外人鞭策如羊豕。哀哀无告，触目伤心，辄偶一寄诸吟咏。同人见者，每辗转抄写传播。乃知词章一道，感人深而捷有不自知者。今夫美利坚新造邦，其政治经济，皆炳然与欧洲诸国同风。独其人之高志琦行，犹逊于西欧。比亦推本穷源，力以文词美术诱导国民，故非无谓也。

言之无文，行之不远。文词感人易，入人深，起衰振俗，要赖乎是，固不得以无益之事目之。彭躬庵云：文者虚器。诗者感兴之端倪，中无以实之，则必不适于用。至哉言乎。夫使智慧男子茧葬艳乡，以经济为粗豪，以理学为迂腐，词章以外无复余事，斯则诗翁词人之过已。若于任事之暇，借文词以消遣怀抱，抒写性灵，亦任事人所不可或废者。夫不作有益之事，固未免负有用之身。不作无益之事，又何以遣有涯之生，而况其未必为无益之事耶。

余每读南华楚骚，迁史杜诗，宋词元曲，辄爱慕古人不置。盖以此等文词美术，乃吾国之菁华，故爱古即属爱国。其不知爱美术者，其人素无国家之感念焉耳。日本东京有博物院，其国民之往游者，爱国之念辄油然而生。吾国人之往游者，亦辄兴怀故国，咨嗟相语。以为吾国傥有一极大博物院，萃吾国五千年来文物美术而庋藏之，其繁富应甲于全球。而文物美术亦可借此院以永存于世，不致湮没，岂非人生之绝大快事乎。此则不能不有望于吾国之爱古者。

南通州范肯堂明经（当世）一字无错，平生兀傲颓放类阮嗣宗。困厄寡谐，以古文名世。诗学东坡临川，心摹手追，直造其域。比此肺疾就医沪渎，晤谈竟日。抵掌论天下事，辄唏嘘不置。见其近作数首，亟录之。《为伯严录天津甲午中秋诗因次韵尽意》云："一世不为明日计，吾侪能惜此宵游。拼将特地清醒眼，来觅当年散失秋。寂寂山川夜逾静，沉沉歌管死无忧。应疑从古高寒月，只照人间百尺楼。"《赠萧先生穆》云："敬甫平生亦奇绝，交游百辈尽成尘。自言老去奔波事，剩作天涯上冢人。文字未能阿所好，生涯犹觉不为贫。不知君子东方国，记否吾家有逸民。"《既为王伯唐刻石狼山之阴梦湘更以重九日携酒肴邀余及剑星潜之往祭归次梦湘韵》云："野哭山云驻，哀歌木叶飘。腐儒随分尽，精魄与天遥。不死论陶杜，乘时让管萧。悬知汉阳旆，重过石城桥。"《暮春金陵城北见桃李花有感》云："春在雨中凋蚀尽，居然桃李放晴来。贪叨日月无多候，点缀山川有是才。江介一番通舰舶，海人随处起楼台。可怜花木乘时异，不称风前烂漫开。"《得仲弟广州书却寄》云："已是飘飞四日程，海山迢递意难更。胆缘病怯愁无奈，魂为惊多梦不成。一顾苍天云尽失，几人白地浪来倾。年年兄弟寒酸语，且喜能教心太平。”《季直生日叔俨来为置酒召朋旧因道畴曩感成二诗并寄陈子畸》云：“记否南山下，先春并马行。卅年为一世，双笑送平生。得闲还思旧，临觞尚有兄。开轩吾病减，山翠复纵横。嬉戏各同味，中年道路分。子能达初志，吾尚抱空文。削迹论生事，长嘘念故群。陈生终健者，临老百分勤。”《光绪三十年中秋月》云：“噫予瘦削不成影，见汝盈盈在上头。一世闺人齐下拜，八方园实竞前投。移灯读曲行行怨，倚杖看云片片愁。病久可胜寒彻骨，颓然掩袂若为秋。”《病闲》云：“病久不知病，翻多病闲欢。惺忪成美睡，芳冽出常餐。短晷复余几，小程殊未完。移床就晴日，聊一扫纷难。”

《陈伯严吏部遣兴诗》云：“而我于今转脱然，埋愁无地诉无天。昏昏一梦更何事，落落相看有数贤。懒访溪山开画轴，偶耽醉饱放歌船。诗声尚与吟虫答，老子痴顽亦可怜。”《王义门陶宾南两塾师各有赠答之什次韵》云：“二妙争传所吐辞，高花大柳照凄悲。自惭王谢栖游地，却费欧梅倡和诗。佳子弟何预人事，好家居果属伊谁。去来今有无穷世，为念薪传胛熟时。”按此二诗，乃先生罢官后庚辛之际寄寓秣陵时作。沉忧积毁中乃能吐属闲适如此，与东坡谪宦南海诗同一达观也。

伯严吏部断句，如《赠黄公度》云：“欲挈颓流还孔墨，可怜此意在埃尘。”《赠范肯堂》云：“文章坐笑人间世，妇子能同物外游。”《赠张季直》云：“避世甘居廉贾下，忧时槁立野人前。”语语如黄金铸蠡，恰合身分。

郑苏龛京卿诗，如霜钟出林，悠然意远。兹录其《日本望朋怀沈子培》云：“天风海色飒成围，独倚三更万籁稀。

不觉肺肝生白露，空怜河汉失流晖。东溟自窜谁还忆，北斗孤悬讵可依。今夕太虚便相见，屋梁留照梦中归。”《人日雨中》云：“人日梅花空满枝，闲愁细雨总如丝。临江官阁昼欲暝，隔岸楚山阴更宜。逋客偶来能自放，翔鸥已下又何之。凭阑可奈伤春目，不似江湖独往时。”《八月十一夜雷雨》云：“高楼洞开秋始凉，沉沉夜定风穿廊。幽人独卧意殊适，江声入梦含苍茫。惊回云气忽逼帐，雷奔电激还绕床。喧阗久之亦已寂，意气空盛终销亡。残灯未灭虫蝠沸，竞此短夜争微光。”数诗直融会唐宋之界，而自成一家言。

友人慧禅工长短句，缠绵悱恻逼真秦柳，而不以诗名。顷自西安来札并附无题八首，寄慨甚深，爱而录之。其一云：“麻姑三见海扬尘，一笑先回四座春。东去漫飞金孔雀，西征曾跨玉麒麟。买将瑶草呼龙种，拣取名花被燕嗔。只是相违复相忆，十年伫苦与停辛。”其二云：“谁遣班骓驾六萌，何曾一顾便倾城。半泓古井澂无滓，三尺寒泉碧有情。翠羽可怜风力劲，蚌胎虚共月华生。珍珠漫赋楼东曲，凄断哀蝉落叶声。”其三云：“倒果为因事有无，游仙何处觅遮须。生憎多事瞒鹦母，私语何心避凤雏。别院饯春开芍药，上山分袂采蘼芜。痴情欲向空王诉，肠断牟尼百八珠。”其四云：“杰阁巍峨接九天，近传王母敞璠筵。兜罗携处香盈握，花径来时月抱肩。黄竹白云歌历历，霓裳霞珮舞翩翩。灵妃微粲群真醉，笑倒西方十种仙。”其五云：“不信仙姨识面难，来骑白凤去青鸾。新歌宛转留欢听，密约封题掩泪看。賸以玫瑰函尚艳，赠将宝玦胆先寒。驻颜自有长生术，第一先传忍辱丹。”其六云：“粲粲瓠犀语乍陈，俊于轻剪细于尘。槎通碧汉无归路，波冷银潢别有津。梦里楼台迷雾露，去时冠剑拂星辰。蓬瀛旧约苍茫甚，绝似黎靬善眩人。”其七云：“消息兰奴报总迟，层层璎珞琐罘罳。九关虎豹眠方稳，上界鹓鸾梦未知。自有烟云供幻境，莫传烽火到瑶池。侍儿偷制春愁曲，费尽缠绵百种辞。”其八云：“瑶海微禽劫未休，又携月斧辟璚楼。惊闻版筑喧三界，弹指华严现十洲。南国花红多并蒂，后堂草绿本忘忧。阿侬生小江乡住，合共卢家号莫愁。”

暇读《新民丛报》的《余之死生观》一文中畅言羯磨之义。因忆戊戌八月余过西湖登灵隐寺正殿，凭栏独眺偶见斜阳迢递，云树苍茫。百感交集不能自已，于时口占四律。今只记第三首云：“未来已去刚今日，宵月晨星各不知。曾信羯磨传慧业，可容以太渡相思。意中风雨谁能听，梦里人天独自疑。倚遍画栏寻旧路，东云西雁两迟迟。”羯磨以太两新名词，当日无意中偶然拈合，可谓天然绝对。

伯严有《寄酬鹤柴》一律云：“海角诗人陈子言，苦吟欲使妇无裈。生天灵运妨声病，接座深公探道根。谓寄禅 潮汐鱼龙千劫过，壁篱蛰蚓一灯存。垂垂头白收煨烬，几及黄垆倒酒樽。”黄垆谓沪上言茂源酒肆也。

九江桂伯华（念祖）沉酣内典，妙悟三乘。贞志泊如，不婚不宦。尝著有佛学教科书以惠迪时人。近复负笈东游扶桑，研求梵文精义以拯中国。肫诚笃挚，先天下之忧而忧。洵可谓有心之士已。乙巳春仲遇于沪渎，伯华出其数年来所成篇什示余，亟录之以告世之同嗜者。《和友人扇头诗》云：“客里风光劫外天，饮愁茹恨自年年。未成境夺还人夺，强说禅边胜侠边。何处须弥藏芥子，早知沧海有桑田。杜陵老子犹痴绝，苦向空山拜杜鹃。”《将去金溪酬余生赠别之作》云：“对面山河深复深，庾郎清怨感难禁。顽云黯淡霾双剑，落月苍茫横一琴。此去蕙兰芳可佩，几时桃竹蔚成林。凭君莫洒临歧泪，记取青天碧海心。”《结习》云：“堕落原知浩劫前，尚余结习慕生天。魂归缥渺黄金阙，肠断销沉紫玉烟。几日灵飞书甲子，早时吉语彻中边。丹成九转须臾事，愁绝鸿蒙未辟年。”《秋海棠》云：“娇憨从未识空门，不占金台占玉盆。万古滴残犹有泪，千番断尽已无魂。书成彩笔怜花叶，唤醒痴云记梦痕。好共莲邦忏愁去，西风憔悴又朝昏。”《次木仲除夕韵》云：“七大充周地水风，循环谁复见初终。须臾鬼国蛮云黑，倏忽扶桑海日红。有漏因成他力劣，无生曲奏自谋工。尘尘刹刹黄金佛，平等看来孰异同。”《夜坐有感》云：“黯黯长空暝，迢迢清夜徂。新欢云叆叇，旧梦雨模糊。九死劳苌叔，三生问鬼臾。悬知孤往者，为我大胡卢。”《题陈芰潭心迹双清图》云：“根尘难拣选，请试问文殊。但灭空华见，都无夹道呼。鹈膏重自莹，鹃血早来枯。安稳蒲团坐，今朝我丧吾。”《次成上人韵》云：“虚白远犹近，浓青低复高。看云循北郭，随水到东皋。默默对鱼鸟，喧喧隔市桥。清游信多趣，欲说已无聊。”诸诗秀骨天成，咸有故实。君游于人外，寓言十九，其以是欤。

曾重伯太史（广钧）自号旧民，生有异禀。博览群籍，于世界各宗教学派莫不精研贯彻。故有时托之吟咏，微言妙谛，迥出人表。昨秋为余书团扇数律汇识之。《悼伤后题两江督署煦园印心书屋壁二首》云：“平吴事业埙篪逝，入洛风光佩韍齐。戟署已消龙虎气，妆楼旧是凤凰栖。（自注：此屋乃余甲申年栖眷属处）坏墙忆远诗篇在，苔石烧香履迹迷。十四年来逢谷日，不忘分手小轩西。”又：“江月初低碧汉沉，绿钱春锁画堂深。依微灯影侵长簟，萧瑟风弦动玉琴。望远楼台初见雁，绕行庭树屡惊禽。青溪夜夜流呜咽，未抵人间离恨心。”《奉命奔问京陕抵蒸阳距家一日不得归以诗寄家人四首》云：“云帆晓际蒸阳宿，绛节秋临大散关。秦地川原无限意，谢家楼阁几层山。何时得睹三灵正，回日亲迎二圣还。含睇南巡望瑶圃，九嶷如黛拥烟鬟。”又：“海榴庭院落红芳，谢女琼娥送陆郎。梦峡烽烟通紫府，天河环珮限银梁。望星楼迥金针涩，拜月阶深绣屧凉。数尽寒江秋雁影，回文应是寄咸阳。”又：“溯汉窥褒切骏奔，凄然芜绝两东门。倚弓合向回銮寺，携马先寻奉圣园。贾谊投荒悲汉室，巫阳流涕叫天阍。哀筝欲奏家山破，咫尺离鸾不敢言。”又：“漫天无地食周薇，何止同林偶异飞。忆远莫添团扇恨，盼归应湿枕头衣。辞家桂海无春庑，偕隐襄阳有钓矶。清梦夜来还识路，多情频到凤凰帏。”

旧民氏“万朵红莲礼白莲”句盛传于世，殆如“庭草无人满城风雨”之脍炙人口，然无人能知其全璧者。近始询知乃其携眷登南岳观音岩作，兹录其全诗。“宝山珠殿插青天，万朵红莲礼白莲。一片空岚罩云海，全家罗袜踏苍烟。烧香愿了花侵马，礼佛人归月上弦。更忆海南千叶座，天风引舰近真仙。”

长沙华金婉女士，字秀芬，旧民之侧室也。能诗，有庚子落叶词十二首。摹玉溪之妍辞，继谢家之哀诔。其中事实，论世者自知之。为录于此以俟稗官之择焉。诗云：“甄官一夕沦秦玺，疏勒千年出汉泉。凤尾檀槽陪玉辇，龙香宝珞殉金钿。文鸾去日红为泪，轻燕仙时紫化烟。十月帝城飞木叶，更于何处听哀蝉。”又：“赤栏回合翠沦漪，帝子精诚化鸟归。重璧招魂伤穆满，渐台持节召贞妃。清明寒食年年忆，城郭人民事事非。宝瑟流哀弹别凤，寒鱼衰雁尽惊飞。”又：“银床玉露冷金铺，碧化长虹转鹿轳。姑恶声声啼苦竹，子规夜夜叫苍梧。破家叵耐云昭训，殉国争怜李宝符。料得佩环归月下，满身星斗泣红蕖。”又：“横汾天子家何在，姑射仙人雪未销。恨海千龄应化石，柔乡三尺不通潮。青羊项下怜珠屟，白马涛头市翠翘。八节四时佳丽夕，倩魂休上绣漪桥。”又：“朱雀乌衣莽战场，白龙鱼服出边墙。鸥波亭下春光惨，鱼藻宫中秋夜长。水殿可怜珠宛转，冰绡赢得玉凄凉。君王莫问三生事，满驿梨花绕佛堂。”又：“王母传筹拥桂旂，阊门宣敕肯教迟。汉家法度天难问，敌国文明佛不知。十宅少人簪白奈，六宫同日策青骊。昆明池上黏天草，只托征波诉菤葹。”又：“小海停歌山罢舞，吴宫猎猎鲤鱼风。璇台战鼓惊朱鹭，瑶席新香割绿熊。魂魄黯依秦凤辇，圣明终属晋鲛宫。景阳楼下胭脂水，神岳秋毫事不同。”又：“帘外晓风吹碧桃，未央前殿咽秦箫。石华广袖谁曾揽，沉水奇香定未烧。荷露有情同粉泪，菱波无赖学纤腰。云袍枉绣留仙褶，碧海青天任寂寥。”又：“天文东策王良马，地陆西摧蜀后蛇。苔甃自来涵圣泽，桂纶今日网名家。蕙兰悼影伤琼树，河汉回心湿绛纱。狄女也怜人薄命，绕栏争挂像生花。”又：“姊弟双飞入望仙，凤帏元自赐恩偏。赏花昔昔陪铜辇，斗草朝朝费玉钱。秦苑绿芜悲夕照，梁园春雪忆华年。身名只合埋青史，何水何山认墓田。”又：“鹤市山花蔓镜台，骊泉银满落妆梅。雕栏一失同车贵，玉艳凄闻异路哀。福海生平愁似墨，昭陵回望绣成堆。如何其女门前冢，唯有寒鸦啄冷灰。”又：“嫋嫋灵风起绿萍，幽燐断续掩春星。白杨径断闻山鸟，红藕行疏度冷萤。关塞梦魂悲岁月，水天愁思接丹青。銮舆纵返填桥鹊，咫尺黄姑隔画屏。”

帅曼真女士，亦旧民之姬人。尝于旧民扇头见其七律数首，未著题目，大抵非一时一事。词句清丽，亦落叶之俦。故并录之。诗云：“汀洲已绿王孙草，短棹初维帝子祠。风月只今怜独客，烟波何处觅仙姿。梦中尚记金钗字，愁里相看画扇诗。日夕木棉风落尽，数声啼鸟雨如丝。”又：“好梦已输神女峡，轻舟重上大娘滩。山瑶水远向何处，鹤怨猿啼望不还。羁客乡心千里月，高楼帆影几层栏。行人应念深闺意，夜夜因风上木兰。”又：“阳台歌舞已成尘，一卷回文不让人。画槛晓行疑宿雨，镜台留盼属芳春。来时踪迹妨乌鹊，别后音书损素鳞。此意寥寥不能识，枉封红泪与罗巾。”又：“翠袖孱颜抱碧峰，白门乌板锁江枫。星郎坐久啼鸦散，月姊还家采鹢空。钗影最怜团扇外，琴声长隔柳条东。华阳别有求仙侣，采药吹箫事不同。”又：“湘竹帘栊隔晓阴，越梅风格号千金。一声鹦鹉呼红袖，七尺夷光倚素琴。云发未欹鸾篦冷，星廊初下海棠深。檀郎遮莫吟桃叶，团扇风凉不可寻。”又：“梳洗今朝起较迟，非关春恨与秋悲。绿波新涨才承唾，青镜何曾见敛眉。海国奇香争断麝，日南名鸟浴残脂。岂知万里辽河客，积雪坚冰敲鬓丝。”又：“坐来无事睡厌厌，庭外瑞香花可怜。浮艳莫惊游客珮，送香先过舞人田。西楼昨夜闲调瑟，南浦今朝罢采莲。深院日长追柳絮，湘波不动楚云偏。”又：“北朝皇后掷金杯，南牧中原遂不回。滦水楼台风月塞，辽河妆镜拂云堆。行宫春色归深柳，破阵笳声杂落梅。一样湘君辞玉辇，苍梧高冢葬寒灰。”又：“戎马关河悲月驭，强鄰歌树嫁刘香。触龙少子空垂泪，司马家儿也断肠。从社竞传杨八姊，旧人难识李三娘。堪怜甲午东氛恶，红粉青燐古战场。”又：“十五鸣环事伯鸾，荆钗暗结惠文冠。画眉未解施长黛，揽镜已知怜玉颜。人事悠悠几南北，年时历历记悲欢。海山誓重非秋扇，只恐疏芳不耐寒。”又：“妾家故事记湘皋，解珮风流似六朝。曲水余春湔芍药，洞房却扇妬樱桃，蜀江如泪沾离袂，湘浦飞花惹锦袍。应忆拔钗添荩匣，助君一夕买香醪。”或曰以上诸篇颇类旧民杰作，余亦默然无异辞。

归安朱古微侍郎，视学岭表，力求解组归。淡泊寡营，逍瑶物外。比邂逅于沪，言论蔼然君子人也。侍郎工倚声，刊有《彊邨词》二卷。半塘老人谓为六百年来真得吴梦窗神髓者，其倾倒如是。兹录《倦寻芳》云：“镜尘掩瘦，帘月通愁，人病孤馆。伴客残春，禁受药烟飘断。旧著香罗经酒殢，新调繁轸当歌懒。暂朦胧，有铜街咫尺，钿车雷转。　便侥幸城乌啼散，更箭沉沉，窗曙犹浅。未必成眠，慵极半衾生恋。雁过时飘闻笛泪，花开翻恼登楼眼。楚云浓，料输他，簸钱庭院。”《偕乙盦晦鸣悔生步净业湖上·调寄二郎神》云：“泪荷战雨，碎一镜翠云如泻。渐罥蝶香干，笼鸳阴减，装就城湾残画。旧是瑶源凌波路，洗恨入袜罗尘罅。休更结冷禅，一袈裟地，水风无价。　闲话沧桑事影，玉尊浇罢。问蠹粉诗痕，庵荒苔满，经岁蛮薰尚惹、梦老西涯。冷鸥三两。空怨月明遥夜。听梵外、似有箫声断续，泛人来下。”又《鹧鸪天》句云：“沙尾风痕约晚凉，雨余山语响匡床。”《浣溪纱》句云：“禅悦新耽如有会，酒悲突起总无名。”皆绝妙好词也。

彊邨先生有《秋夜饯北客离席闻歌感音成拍·调寄三姝媚》云：“烛花摇短夜。唤帘边新霜，塞鸿来迓。劝酌清吭，是未秋云鬓，泰娘声价。掩抑弦弦，传恨入吴兰罗帊。彩笔休辞，无数闲愁，泥它陶写。　门外酸风凄射，又送客衰兰，短亭嘶马。竟夕骊歌，促翠筵圆月，背人西下。似酒流年，禁几度、觥船狂泻。便逐鸱夷归舸，花茸怨惹。”余读况夔笙《香海棠馆词话》曰：词笔能圆见学力。又曰：神圆为上乘，意圆为中乘，笔圆为下乘。彊叟此词可谓直造神圆之境矣。哀音繁吹，当与《阳关三叠》曲同唱遍旗亭。

浙东宋燕生征君（衡），原名恕。持躬敬慎，议论平实。然非其人则亦辄加白眼，拂衣去不顾。善诗文，文似东汉。曩见其卑议一书，大旨主治平，恳恳有王符、仲长统之风。谓政俗之弊，皆自宋洛闽诸子阳儒阴法之说基之。近游山左以新诗寄示。《寄怀吴君遂法部津门一律》云：“不见吴君遂，人间又几年。流离依镇北，部曲出征南。深箧潜夫论，高门美女篇。何时具蓑笠，同上五湖船。”《寄怀金遁斋先生（晦）绝句》云：“颜李正传在瓯骆（自注：浙中颜李学派，自戴子高氏逝后，当以先生为第二人），别来十载发萧然。眼明得见新章句，二月初晴宗教篇。”随意所属，皆婉而有章。固知漱以天倪，乃得标兹胜概也。

大兴俞恪士观察（明震），余旧交也。不见数年，今秋游天童归相遇于沪。衔杯接席，论诗欢然。恪士谓诗人非闳抱远识必无佳构，余深韪其言。兹录其见示诗数首。《游天童待寄禅不至》云：“此来真隔世，了了悟初心。入谷窥天近，因松坐雨深。秋蝉悲旦暮，山鸟课晴阴。好景无真相，君听流水音。”《戊戌九月和宋燕生作二首》云：“谁持下界三千劫，众口悠悠只自惊。别有性情求史隐，略通忧患著棋经。厌闻乱角随风转，坐送残阳看月生。歌哭未终人事改，古今同是百无成。”又：“几人流涕谈新政，我自低徊谓子贤。哀乐尽时忘孔墨，国身通后见人天。微波脉脉归沧海，弃木森森得大年。傥为时艰求息壤，人间何处有桑田。”又断句：“古树忘枝叶，群峰有爱憎。低徊清夜磬，凄恻故山薇。”均别有寄托。

文芸阁学士尝有绝句云：“雪山筒里勤求药，祇树园中广施金。独有净名无一语，天风吹座落花深。”真广陵妙音也。又《山居杂咏二首》云：“萧然岁晚下缁帷，辑缀闲言且作诗。野藓渐干知雨断，枯柽无叶任风吹。萝带缘门薜荔衣，亮无热客叩岩扉。相逢樵子弹棋局，青枥林间卖药归。”亦有逸致。

敬安上人字寄禅，自号八指头陀，俗姓黄氏。本湘潭农家子，年十八遁迹空门。始稍稍读书，间从上座僧学诗，辄奇语惊人。喜亲几案，无间丹铅，厚重简默，有子云之疾。近年卓锡四明天童寺，恒至沪，颓然老矣。每当二三胜友高会，言论风生，闻者恨相见之晚。诗宗唐音，性好苦吟。半字未安，至废寝食以求其是。余酷爱其五律。《白梅》云：“一觉繁华梦，惟留淡泊身。意中微有雪，花外欲无春。冷入孤禅境，清如遗世人。却从烟水际，独自养其真。”《秋夜怀王伯谅》云：“秋夜不能寐，秋虫鸣砌间。疏钟云外寺，落叶雨中山。以我意不适，思君情倍艰。何时复相见，一笑破愁颜。”《赠饶文卿》云：“老作诸侯客，高怀与众殊。随身一剑在，对酒片云孤。白社归何晚，青山看欲无。年来翻爱静，时与道人俱。”《吟仙阁晚眺》云：“微雨过汀洲，凉波带叶流。眼看孤鸟没，心共片云留。天地余残照，江山非昔游。临风一挥涕，不独为悲秋。”又《白梅》警句如：“淡然于冷处，卓尔见高枝。偶从溪上过，忽见竹边明。苦吟方见骨，冷抱尚嫌花。暂对翻疑雪，清香不是尘。”均有神理。寄公与义宁公子为石交。癸卯春至金陵，义宁公子有送其还天童诗云：“汝来亦无事，两眼看闲人。了了廿年在，骎骎万态新。袈裟带海气，吟啸接花晨。夺我秦淮月，归防猿鹤嗔。”情景真挚，故谐语亦复佳。

蜀中薛次申观察（华培），嗜古似永叔，喜交游，平易近人而内立崖岸。以贵公子宦游秣陵，频年憔悴一官，丙午春以穷愁卒。有姬刘氏，即沪名妓曰张四宝者，素性端静自持，不逐时尚。丁酉次申羁沪一见倾心，质古玩以三千金脱其籍，而甚畏人知。年余与余同舟西上，既觌面始述其详。姬嫁数年，情好至笃。生一女甫弥月，次申病亟，执手泫然。姬曰：君傥不讳，妾亦胡忍独生也。退而饮药逝。次申亦晕绝复苏，亲视其丧，阅三日乃没。陈伯严有诗哭次申云：“锦衣玉貌过江人，几蹶尘埃剩我亲。万憾都移疽发背，九幽更恐债缠身。羽毛自惜谁能识，圭角难砻稍未纯。此后溪桥候明月，一披萧卷一酸辛。”（自注：君弥留时，以萧尺木书画卷子见遗，言后睹此卷如睹我也）又《由津门还稜陵走视其雨花台殡宫五古》云：“寻常客还时，谍门君踵至。今我万里归，不闻枉车骑。君果安往耶，魂定旋拭泪。本期亲执绋，愆策十日辔。越晨造殡宫，绕郭云麓异。飞扬铙吹声，蓊郁草木气。僧寮横两棺，殉姬列其次。漆光飏蛛丝，扪拂中如醉。争衡夸毗场，余此野哭地。亘古谁无死，嗟君死颠踬。生世所遭历，只供疽发背。肮脏排世人，独结尘外契。宿昔促膝言，沉沉在肝肺。乘兴泛酒舫，月桥每联袂。闲游侣亦失，衰蹇更何冀。掩帷立空阶，仰瞥冥鸿逝。”次申与余相知久。庚子之乱余适游京师，南北音问阻绝。次申每逢北来人辄殷殷问消息，遇患难而情益亲，其风义足敦薄俗已。

邵阳魏季词明经（繇），默深先生之文孙也。近居秣陵，垂垂老矣。友人诵其《无题》句云："二月薰风荒下杜，一时颜色误桃花。"绰有风致。

沪渎泥城桥外有张园，一名味莼园。士女游集，此为胜区。广庭遐旷，可容千人。窗扉四辟，花木扶疏，若远若近，绕庭如屏障。庭外隙地数十弓，浅草铺茵，柳阴路曲，板桥临水。芙蕖盛开，春夏秋极有佳致。冬则古木荒池，围炉茗话而已。陈伯严吏部癸卯秋重至沪，有《味莼园晚坐》诗云："回廊绕尽马蹄声，茗坐看人若有情。浅草栖香莺馆在，灵风引珮鹊桥成。一家四海余闲地，隔世孤吟见此伧。（自注：不到此园已七年）且趁残阳数飞蝶，乱云槛外正纵横。"《丙午夏再至张园》诗云："灯火恼人意，挥车从薄间。张园终自好，万态复相还。草树萦香吹，星河见酒颜。循廊同阅世，飞蝶对闲闲。"张园固胜区，得名流歌咏，纪其景物。而游骋之娱，乃盛称于海内已。

《别士先生后黄公卢赠吴君遂》云："朝朝伏案赋大狗，忽思出门跨疲驴。立谈遍国竟无有，时有鬼物相揶揄。技穷仍自访吾子，狂谋谬算为嬉娱。须臾意尽计无出，入手幸有黄公垆。饿鬼见胾大欢喜，况有拥肿之与居。一壶夷愉两壶笑，三壶喧豗四唏嘘。五壶骂座客星散，兀然入梦忘登车。役夫脱籍履六合，哮吼跳踯皆诗书。方持文字作大狱，忽然境界皆为虚。教堂鸣钟拜磔鬼，壁虱列阵如肥猪。秋风无赖犯破席，绳床兀臬如舆图。失我富贵得非此，嗟乎梦觉那不殊。嗟乎梦觉那不殊，然后孔丘代温（注：即达尔文）真吾徒。"《北山楼主人君遂和作并序》云："九月五日，泥饮大醉。因次别士后黄卢见赠韵。小官粥粥（音役）辽东豕，大官吓吓黔之驴。两鸟悲鸣两鬼叱，那恤世议腾揶揄。醉乡瞢腾已深入，顿失愁苦穷欢娱。祁门解人世有几，欲回碧落归黄卢。醒狂醉骂聊复尔，有酒不饮心何居。始知万物类刍狗，一壶已破千唏嘘。君如洪钟发巨响，我振螳臂思当车。于今且莫论皇难，蔑弃礼乐焚诗书。百年尔我亦俄倾，乾坤毁后皆为虚。不须出处问黄鼠，底用真幻诹龙猪。圣人满街吾不识，纷纷籍籍咸有图。模糊酬眼看人世，笑则弥勒悲文殊。已矣哉，尘尘万古不可接，九州六合亦有如是之酒徒。”昔昌黎与东野曾作两鸟诗，而刘诚意之于金华太史亦有两鬼诗以自况。盖皆遭世患，婴天囚，不得已发愤而有所作也。今观别士君遂两君之作，毋亦类乎是耶。

北山楼主人以近作二章见示，颇有规模临川意，爰为录之。其《得定山书却寄》云：“小别修门八载强，斜街花事久回肠。闲吟送日真成懒，短褐谋身讵未臧。殿陛辞诙方朔隐，燕云梦冷吕安亡（自注：谓寿伯福学士）。江湖岁晚谁存问，雁阵横天墨数行。”闻高啸桐来自京师，拟从问伯福遗稿而病未能也。先以一诗简之云：“使君心事在杭州，曾佐戎机岭峤游。方喜鸿文能怖鳄，又闻花县迓鸣驺。孤孀存问经三辅，涕泗从知隳九幽。见说故人遗稿在，可堪先许茂陵求。”北山甚喜此诗，且戏语余云：“纵学荆公不能到，也应不失海藏楼。”

盛伯希祭酒（昱），宗室名贤。简贵清谧，崇尚风雅。尤喜奖成后进，一介不遗。颇似法梧门之为人，和而介，与人无町畦。韬光潜实，物亦莫能窥也。晚岁盱衡朝局，愸焉伤之。由是寄情山水，游屐所经，动淹旬朔，不复关预人事。于己亥冬暮病卒。有《郁华阁遗集》。录其《题徐兵尚所藏钱南园画马一枯树一瘦马一小马七古》云："轮囷不材或者樗，空山无人霜叶枯。下有一马将一驹，瘦若山立何其驽。千金燕市方选骏，骅骝百辈开大途。细茵美荐弃不顾，奈何牧竖相追趋。伊谁为尔求青刍，斜阳衰草黏天铺。慎勿自谓骨相殊，渥洼之水为尔污。昆明通副不解事，貌此丑态人揶揄。何如鸥波细谨笔，谷量云锦千驹骖。今大司马有意无，通马语者能题图。此马回头顾儿语，食三品料汝庶乎。"妙语解人颐，少陵东坡之变格也。又游小五台五古数首。《自南滩至王安镇》云："一水从东来，逆与拒马会。山曲水曲间，炊烟生一带。灌蔬泉绕屋，余者为浅濑。长松遍列岫，门前亦偃盖。禾麻大野润，枫槲远山绘。恳知民俗厚，沿村无酒旆。白叟与黄童，羡我来山外。山外事正多，大道生尘壒。"《四十里峪（即飞狐口）同徐梧生作》云："甓石积成峰，连峰合成壁。人行万峰底，天地惟一石。石罅生矮松，枫槲纷丹碧。拔地生石笋，杰立一千尺。峰多皱瘦透，透者日穿隙。回旋左右顾，阴阳荡精魄。客曾阳朔游，见此大嚄唶。此同阳朔奇，阳朔逊此窄。"《小五台（即水经注倒剌山也）》诗云："昨雨今日霁，不见南山绿。谁携昆吾刀，截此悬圃玉。平生冰雪心，重得山水福。跋马登铁林，拟上北台宿。寺僧大摇手，樵夫不可足。欲待雪尽消，明年麦应熟。令我意怅然，草草归鞍促。万仞琉璃屏，百里犹在目。"奇伟警拔，雅似姜白石纪游诗，沉郁处亦时复近杜。近体如《和柯凤荪韵》云："长安尘土马如飞，兀坐敲诗我辈稀。幸有文章通性命，不缘离乱得因依。排除党论粗闻道，报答君恩只有归。间架未兴人税缓，椮盆松火乐柴扉。"《题刘星岑侍读梅抱篴读书图》云："罗浮空想凤车魂，竹屋寒灯一穗昏。岂有江南万株雪，小窗横幅与温存。”《同郑东甫锡聘之游上方山》云：“金风瑟瑟酒波凉，挈榼攀云出上方。料是人生难得再，黄花岭上过重阳。”（自注：岭上菊种甚蕃，五色备具。竹垞诸老皆未到此，惮险远耳）断句如：“可怜日暮轻阴际，况是秋深落木天。敧枕夜滩疑作雨，绕垣寒菜未经霜。”浏亮隽逸，倜然不群。惊飙折柯，哲人云萎，可慨也哉。

伯希祭酒有《为门人刘菊农题崔子湘画花鸟四绝句》云：“红霞照春院，上有翠禽鸣。不画双双燕，伤心崔伯亨。”又：“露葵似女冠，黄裳剪文绮。何如青布衣，辛苦勤娘子。”又：“六里河边见，烟乡梦断时。凄凉姜白石，一舸闹红诗。”又：“洗砚池头树，花犹开淡墨。恍惚廿年前，小窗明月色。”沉绵婉曲，子夜之遗。又《八声甘州一阕送志伯愚都护（锐）之任乌里雅苏台》云：“蓦横吹、意外玉龙哀，乌里雅苏台。看黄沙毳幕，纵横万里，揽辔初来。莫但访碑荒碛，（同人属拓阙特勤碑）尔是勒铭才。直到乌梁海，蕃落重开。　　六载碧山丹阙，几商量出处，拔我蒿莱。怆从今别后，万卷一身埋。约明春自专一壑，我梦君、千骑雪皑皑。君梦我，一枝榔栗，扶上岩苔。”雄放似辛稼轩，乌里雅苏台五字，入词殊雅。

《己亥吴君遂客鄂中题周彦升广文诗卷》云：“梁园宾客今余几，白雪吟成调更高。莫道南华非僻典，就中坐窘令狐绹。”时沈子培部郎在鄂见之，戏署其稿曰：“今日南华成僻籍，方城多事笑彭阳。”逾年文芸阁学士在沪见之，笑曰：“是南华误却方城尉。”

乙巳岁暮，君遂在津门。于报端读吾诗话，感奥簃（周君集名）符娄（沈君别号）之不可见，而道希学士亦归道山，复成一绝云："汉上题襟事已徂，江湖岁晚渺愁予。南华误却方城尉，敢道南华是僻书。"更录于此，用资谈薮。

张季直先生渊懿简素，有旷世之度。通籍后无意华朊，专一振兴工商农渔诸业，恳恳不懈，东人推为中华实业家。以文章书法鸣于世，论者谓其书神似刘石庵。诗亦雄放峭峻，肖其为人。兹录《戊戌赠寿伯茀编修》云："人才未觉九州空，天意宁教四海穷。坐阅飞沉吾已倦，禁当非笑子龙雄。商量旧学成新语，感慨君恩有父风。但使骞腾犹等辈，要回鲁日更朝东。"《癸卯夏游日本赠藤泽南岳》云："海色西来满眼前，神山楼阁瞰吴船。谁知白发松窗下，犹抱遗经说孔传。"《屡出》云："屡出真成惯，孤怀亦自遥。小车犹择路，独木已当桥。鹳影中宵月，蛙声半夜潮。无人能共语，默默斗旋杓。"

余浏览近人佳句，有动魄回肠而不能自已者，摘记之于此。悲慨则仪征张丹斧"自有生来含涕泪，独无人处看江山"。曾重伯"上寿百年能几日，芳春三月未还家"。林暾谷"十里人声趋短夜，百年海水变东流"。隽逸则海门周彦升"病起青山堆酒券，吟成宝剑对横波。老病正思临水钓，画图不费买山钱。秋士情怀无奈月，酒人颜色易为春。遮护燕泥防霡霂，安排蚕种待清明。"遒劲凄丽则易实甫："江南鹳鸽初逾济，海上爰居竟避风。叔夜梦魂惭柳下，伍员身世在芦中。燕市黄金如土贱，秦时白骨比山多。胡地草青曾寄语，匡山头白早归来。"诸作抽芬芳，振金石，饶有事外远致，弥耐人研味也。

鸥夷逸客，蜀中名流。比作海上游，相逢樽酒间。得睹其感旧诗数十首，语似龚定盦而浏亮过之。录其自序云：“遭逢丧乱，最感平生。坐看山河，渺然隔世。温飞卿诗云：满目山阳笛里人。斯之谓矣。显晦殊途，死生异路。或名没乡里，而行谊皎于白雪；或位显当时，而名实乱于青史。不有述者，后世何称。主于感逝，间及生存。其间事实，别为小传，不次于篇。本于词客之哀时，爰附史家之野获。作者自隐，不著其名。习闻朝野故实者，诵其词而自得之。或从而问于故老，得开天之遗事于湖海诗传，亦当世得失之林也。”诗云：“梦似旋螺宛转生，琴操变徵感残形。从今述酒须无语，自读离骚且自听。”（《述感》）“从来爱国在昭诗，唤起群儿卖汝痴。今日短衣从匹马，杜陵持此更何之。”（阙）“爱国忘身岂殉名，离骚情重悔言情。佯狂犹对伤心语，管葛虚惭负此生。”（《陈次亮部郎》）“直陪雕辇称相如，转眼青云满后车。三日居然成仆射，更无陶谷画葫芦。”（阙）“铜驼荆棘事全非，黄犬东门愿已违。到死无言看日影，似闻白首怨同归。”（《许竹篑侍郎》）“未灭红灯换白旂，时危士节独矜持。窜身荒谷同为虏，愧汝平生国士知。”（《王伯唐主事》）“交仇邦国误谈经，师败谁谋合殉名。便是堕车闻鼓死，石城犹胜褚渊生。”（《王廉生祭酒》）“凄凄家难构奇冤，党祸能教骨肉残。可惜臣心湛井水，并无月照泪痕干。”（《景苇亭侍郎》）“遗疏忧时海水深，书生无计只忧钦。漆书临没还相对，经术渊源有杜林。”（《祁子禾尚书》）“六官经纬落天西，挥手春流散马蹄。”（自注：二句乃原赠诗语）“一别万重沧海劫，遗经独抱一沾衣。”（《刘培村章京》）“柬人高阁自登楼，庾亮平生俊未休。举烛谀闻偏解语，有人廷尉望山头。”（《李少荃太傅翁叔平师

傅》）“新亭对景莫沾衣，当日题诗海外归。坐对虞渊看日薄，一听邻笛久成啼。”（《黄公度廉访》）

吾友揭阳曾蛰庵，为诗沉博绝丽，学玉溪得其神理，固今时独树一帜者也。《无题七律四首》云：“孔雀西飞月午楼，露从烟草一年秋。严城清角呜呜咽，独夜私弦瑟瑟愁。不信端居劳梦想，未应暂动又还休。银河耿耿流云媚，猛省星期过女牛。”又：“度陌临流意已凄，一年芳物不堪题。渠塘水落鸳鸯冷，废井秋荒络纬啼。四角回纹旋向里，东南初日渐趖西。条桑百结罗敷怨，自卷绡衣爱整齐。”又：“听雨帘栊漏板沉，残春小梦便关心。只愁泥滑妨娇马，却恨轻寒殢晚禽。水阁人归灯悄悄，露桃花落巷愔愔。流年暗度东风远，后夜相思不可寻。”又：“强笑佯羞半敛歌，镜奁花草玉瑳瑳。最怜娇小窥门户，却与春风斗绮罗。药转几时投月姊，槎风回路见星娥。幼舆欲语还惆怅，正是春机弄玉梭。”又《无题五律六首》云：“板阁酒犹困，风屏灯欲摇。窥人有残月，流梦失春宵。桃叶迟淮水，杨花满谢桥。芳时幽怨极，坊巷咽饧箫。”又：“漠漠弹花粉，喃喃落燕泥。郁金香在袖，瑶玉冷妨肌。露井夭桃谢，风帘鹦鹉啼。断肠春不管，曾是雨丝丝。”又：“无憀还有恨，惜别复伤春。欲织红鸳锦，亲镂绿玉尘。叩云通一语，烧烛掩孤嚬。虚负瑶华梦，年年芳意新。”又：“忧患浮生事，还来读道书。银灯消昔梦，华屋及春居。寂历旧情谢，萧条清夜徂。行郎空柘弹，归马欲踟蹰。”又：“蝶粉轻难触，龙香瘦自持。他时曾病酒，安坐且调丝。子夜沉沉去，年芳故故迟。琼瑰化清泪，不惜并酬伊。”又：“白马从骊驹，垂垂倒玉鱼。后门花月散，初日凤凰雏。浊水污泥恨，凄声艳怨图。未愁芳物尽，待寄陆郎书。”铸辞瑰玮，殊不似从人间来。

泰兴朱曼群孝廉（铭盘）家贫，负逸才，放任不拘小节，类杜樊川之为人。工骈文，有《桂之华轩文集》。甲午夏客死于旅顺，年四十许。有贤姬赵氏携藐孤抱遗文归，张季直殿撰为之刊行。其诗亦清新博雅，则多散佚。近人于扇头屏幅间稍稍传之。君与海州邱履平咸为吴武壮座上客。吴公子君遂主政当述曼君《赠履平一律》云：“苦道欲归去，家山无寸田。谁能临碧海，长日对青天。相见亦无语，能饥恐得仙。不须论兵法，零落十三篇。”邱名心坦，即袁太常诗中所谓海州大侠者也。

余诗话之作，不无博采之嫌，未能愁中诗律。而名流佳句，又往往致憾遗珠。友人尝执此相规，此则余咎无可辞者也。然款款私衷，窃附史家之末。颇欲因人以见道，即不得不有时以人而废言。果其人心存邦国，具真性情，感物哀时，声若金石，自能当于人心，又未可以诗律相概。若非然者，虽言之成理，毋宁割爱焉。

古诗有可转移风俗者，若《孔雀东南飞》《石壕吏》《秦中吟》是也。有可抒写性情者，若古歌谣《古诗十九首》、陶靖节、苏长公诸作是也。有可备史乘者，若《长恨歌》《连昌宫词》《圆圆曲》《雁门尚书行》是也。方今欧墨之人綦重诗教，凡诗人之遗闻轶事、生卒年月靡弗载焉，以其言有裨于民物，非仅为吟风弄月惜夜伤春已也。余尝谓美术之进步，以绘画为滥觞，而书法不与焉。人心风俗之改良，以诗为向道，而法律不与焉。吾友王义门有言“诗为心理学”，旨哉言乎，殊耐人绎味也。

山阴魏铁三孝廉（铖），俶傥多才艺。善击刺，跻健过人。书法似北魏名家。不乐家食，遨游四方。以文史书翰自娱，自是傅修期一流人物。侪辈中有文事而兼武备者仅见此君。性嗜释典，因自号龙藏居士。近蜕庵觅得其《感事旧作二首》见示。诗云：“羽檄西驰日，戈鋋北伐时。飞腾凭上将，抚驭属王师。瀚海传烽急，天山落日迟。氐羌诸部落，拭目望旌旗。”又：“戈壁穷荒阻，材官技击豪。鸣鞭千里彻，卓马万峰高。汉月传刁斗，胡霜拂宝刀。近闻飞将在，虏骑雪山逃。”遒健似工部。

义宁陈右铭中丞，志节德业，彰彰在人耳目间，殆所谓先天下之忧而忧者。戊戌由湘中罢官归，贫无居宅，爱南昌西山之胜，因侨寓焉。庚子夏闻京津之乱，忧愤而卒。公善诗，生平不自珍惜，脱稿辄弃去遂致荡佚。兹于寄禅上人处得其《寓感六章》，乃“由河北道解组庚寅岁侨寓湘中六十初度避客山中咏怀”作也。亟录之。其一云：“羲和驱急景，六辔无时休。朱明变春旸，欻然惊已秋。人生百年内，蹩躠欲何求。瑶池宴穆王，蛱蝶为庄周。邯郸一炊黍，赫赫公与侯。形骸托逆旅，过眼若云浮。旷揽蹑五岳，眇然小九州。鸿荒复几时，逝者皆蜉蝣。乘化无尽期，万世同一沤。”其二云：“孤桐瑶疏阴，不自覆其根。苍松荫十亩，飞盖郁东园。少壮迫冠难，穷走困饥寒。饥寒亦何道，独复哀黔元。缀裘准千腋，构厦规百椽。被濯泥途中，弥缝衽席前。区区无时酬，大运啡所安。愿从驽骀列，剪秣辱中涓。崎岖九折坂，踸踔盐车翻。岂无十驾利，驰驱良独难。”其三云：“朝诵游侠传，暮讴游子吟。万里仗孤剑，一语轻千金。经过赵李宅，丝竹耗雄心。杖策去燕赵，结交江海岑。怒马突前阵，意气惊一军。乃知大敌勇，不敢贱儒巾。决策虏其渠，归来掩柴荆。款段屠沽市，萧条风雨村。拊髀独高歌，青天行白云。”其四云：“任氏为巨钓，终以致大物。周人学屠龙，技成鬻无术。技非不难能，龙故不可得。世乏豢龙人，姗笑贻口实。随世易为巧，储用终成拙。空持五石瓠，强向世人聒。或言不龟手，曾闻致越客。一战破吴归，封赏茅土裂。际遇故偶然，利钝焉可说。不如洴澼洸，世世仍吾业。蚩蚩守妻子，温饱送日月。”其五云：“真人起丰沛，屠钓揲飞龙。诸葛出南阳，荆士如云从。冥鸿资六翮，连翩驾长风。吾皇定九鼎，望散溢镐丰。文德曜中天，灵景彻幽通。神奸踯天网，杀气腾妖虹。湘乡驾群材，采干岩林空。衅沐闾巷士，招要田舍翁。密意锲金石，一心成大功。由来昆仑凤，高栖择梧桐。毁卵尚不至，矧乃思援弓。朝阳将奈何，吁嗟张长公。”其六云：“穷儒强解嘲，借口后世名。后世乃为谁，遽足为重轻。古籍汗牛马，糟粕非精英。何况挟爱憎，是非汩其情。丰碑既多愧，薄俗尤相倾。文词亦俳优，小技安足程。太元覆酱瓿，幸有侯芭生。秦人吏为师，何者是六经。更阅千万岁，禽鸟亦变声。人生本自得，吾心有亏成。幽人葆灵台，清光耿霄雯。但看天汉上，乃识严君平。”

沪城之南郊有龙华寺焉，春风寒食，踏青人联袂偕来，游憩于此。鬓影钗光，与十里桃花相掩映，亦春时一大观也。南海潘若海秀才（博）近有《游龙华寺看花二绝》云：“杨柳丝丝拂晓烟，落花黯黯扑吟鞭。平芜十里江南路，细马驼春记少年。”又：“塔铃不语昼阴阴，大有游人布地金。细雨蒙蒙春梦湿，寺门一尺落花深。”二诗情景毕肖，神韵雅近渔洋。

郑太夷先生，仪度简穆，言论博洽。治军龙州两年，民夷悦服。近引疾归，侨居沪渎。见其龙州诗二首。《题西厅新作二窗》云：“平生纵眼殊有力，超海穿山随所击。目光注射遂无坚，何物相遮笑墙壁。去年连城千万峰，溃围为我皆辟易。龙州荡荡势稍平，倚遍危楼终不适。西厅双窗聊一放，百里云烟收咫尺。只今边帅用诗人，端遣书生来岸帻。欲凭秀句洗瘴疠，复恃丰年抛剑戟。种梅幽事春后情，养鸭闲塘雨余碧。沉吟远意当语谁，的的飞鸿黯将夕。”《龙州军府晨起》云：“拔木破山风到处，翻江倒海雨来时。平生未尽飞腾意，只有虚檐铁马知。”

近人佳句，余已汇录于前。兹又得数联，更志于此，用备遗忘。《陈伯严闻汤蛰仙辞两淮运使之命赋寄》云：“飞书万行泪，却聘五湖船。”宋芝栋《北征》云：“柳围潍水渡，日下井陉关。”范肯堂《答陈伯弢》云：“君知此后成何世，佛说于今不住胎。”盛伯希《次韵答杨子勤表弟》云：“桑梓文章谁可托，乱离亲故不相知。”李亦元《却同人看花之约》云：“已办苦吟淹岁月，只宜流涕向山河。”陈弢庵《次韵送林肖蛉入都》云：“横流满地诗名贱，积雨骑春客袂单。”郑苏龛《泰安道中》云：“乱峰出没争初日，残雪高低带数州。”林暾谷《张园》云：“隔座婵娟怜好月，回车驶骁梦凉风。”吴君遂《赠申叔》云：“满地江湖归短褐，乱思文字拨寒灰。”曾蛰庵断句云：“起来一阵黄昏雨，车马中原起暗尘。”

常熟翁叔平相国，以德业文章名天下。戊戌之岁秉钧衡，慨然念内治之茶惫，外难之日亟。乃上治安之策，请举辟门之典，更易制度。咸与兆人维新，权贵不悦，竟以是罢去。公退隐里闾，角巾山寺，日与梵僧野老游处。其心旷然，无累于物，时人称其见道之真。甲辰夏病卒，年七十四。

生平工书法，为世宝贵。兹见其《题寄沤书巢图》诗云："一沤一发一如来，处处圆明性地开。难得甘黄挛下泽，莫因寒拾钝天台。尖风冷月无边相，瘦竹孤花未易才。山鸟不知吟啸事，看人展卷辄疑猜。"淡逸得宋人家法。公晚年深耽禅悦，自号松禅老人。

近见蛰庵诗云："秋玉何妨折，明灯竟自煎。不才逢末世，将泪寄遥年。此意无人识，高情不厌偏。惟怜新病后，残月曳虚弦。"《无题》云："剪发涂眉有旧欢，舞衣褶褶落千盘。梦回漳水飞金凤，春去秦台忆彩鸾。神女欲归前浦雨，灵旗微动碧波澜。横塘一夕秋风早，不语垂鞭怅望间。"《有感》云："阑风伏雨作新凉，历历秋星礼国殇。别后书斋谁料理，重来燕子说兴亡。招魂正则心先死，乞食黔敖事可伤。惭谢亲朋迟蹈海，天涯遥为一沾裳。"《崇效寺看花》云："怅望春归十日阴，落花台殿更清深。被栏碧叶如相语，辞世青鸳不可寻。物外精蓝谁舍宅，乱余榛莽渐成林。迷阳却曲饶忧患，那得端居长道心。"又《无题》云："待得郎来乌夜啼，送郎行处草萋萋。繁霜昨夜过河朔，不见天云照井泥。"又《七绝二首》云："睡起凉痕落簟纹，远山清瘦似夫君。一龛禅寂上灯火，黄葛花开秋雨繁。乌帽微欹晚放衙，亚墙风动玉交加。春阴十日无多雨，清绝曹司白杏花。"断句云："渐拟偷闲聊学佛，已成玩世未休官。故国别来无好梦，殊乡今夜作中秋。哀乐十年殊盂浪，文章百辈枉江河。草树经冬未芽蘖，亭台迟日转凄清。"荡气回肠，字字拗折。玉溪孤愤，仿佛同之。

蛰庵诗之瑰丽，已为海内所共称。而其词之婉约善言情，直如万缕晴丝，袅空无尽，则为人所罕觏。兹更得数阕，录之以饷世之同嗜者。《高阳台》云："积雨妨车，愁阴禁马，愔愔芳巷伤春。无奈轻寒，吹花都作清尘。垂杨已在深深处，更东风、斜倚孤颦。正无端，病酒年光，轻过黄昏。

兰堂舞罢无消息，剩茹华玉冷，谁与温存。最苦惊魂，今宵梦亦无因。屏风约略眉山翠，但相思、便化春云。近清明，一树残桃，啼鸟空园。"《踏莎行》云："酒梦阑珊，风灯零乱，夜庭吹落花深浅。一春罗带不禁持，幽姿暗与流光换。　晚枕伤怀，晓帘怨断，丝丝微雨鹦哥唤。去年轻恨在眉稍，病容扶起深深院。"《听雨·调寄高阳台》云："虚阁蛩凄，重云雁杳，秋霖一片潺潺。茂苑人归，谁怜酒病阑珊。豆花红落愁灯烬，待不眠、特地清寒。甚心情，明日黄花，残雨阑干。　谢娘别后闲琼瑟，只丁东细漏，梦也都难。地老天荒，知它何处关山。故家歌舞沉沉去，点罗衣、清泪斓斑。苦无聊，扶醉今年，瘦尽愁颜。"《咏鹿港香·调寄天香》云："麝粉成尘，龙荒坠梦，余薰夜爇孤馆。荀袖分温，贾帘窥俊，记得暗闻清远。人间别久，空冷落、秋魂一线。只恐游丝不定，还愁夜风吹断。　几回旧情寄远，拨残灰、寸心先乱。更恨郁金消尽，故家池苑，芳思年来顿减。便罗荐、宵寒有谁管。寂寞南沉，春灯独剪。"《题半塘春明感旧图·调寄尉迟杯》云："长安路。渐晚岁、哀乐伤如许。深深径草人稀，愁送流光轻羽。凝尘黦墨。谁记省、清时共欢聚。黯情怀、泪眼空淹，小窗还展缃素。　因念九陌生尘。几题叶吹花，胜事如故。最苦山阳闻夜笛，仍惯见河梁客去。如今向天涯海角。迥遥夜、商歌独自语。但相思、断袂零襟，梦魂空恁凝伫。"

北山楼主人一字癯公，贫居沪渎有年。昨岁有北里彭嫣者，耽其风概委身事之，旋相从北去。今夏义宁公子《过津门戏赠以二绝句》云："酸儒不值一文钱，来访癭公涨海边。执袂擎杯无杂语，喜心和泪说彭嫣。"又："彭嫣非独怜才耳，谁识彭嫣万劫心。吾友堂堂终付汝，弥天四海为沉吟。"虽戏语，其意弥深。录之以存佳话。

伯严吏部侨居金陵。有《城北道上》诗云："晶砾新驰道，晴霆叠马蹄。屋阴衔柳浪，裾色润瓜畦。诣客能相避，偷闲亦自迷。归栖枝上鹊，为我尽情啼。"又《至沪访郑太夷》云："生还真自负，杂处更能安。意在无人觉，诗稍与世看。所哀都赴梦，可老得加餐。吐语深深地，吹裾海气干。"真气旁薄，不假雕饰，自然语妙天下。

李梅庵太史未第时，有武陵余公测其必以文章显。以长女字之，未婚卒。复字以次女，又卒。更字以三女名梅者，既婚数年逝。梅庵感其风义，因自号曰梅痴，终身鳏居不更娶。君贞固醇笃，礼法自持。既宦游秣陵，频以事过沪相见。温粹朴素，依然儒者，一时人士佥奉为楷模云。其书法似北魏，诗效选体。有《游鸡鸣寺与范季远沉凤楼程野梧夏剑丞集豁蒙楼登望一首》云："世危忧转深，时暄心自凉。良辰集俦侣，遥情乘风翔。珠帘贮轻阴，瑶席纳山光。江郊霁晚气，澄霞蔼微明。众绿合为烟，旷望但渺茫。钟阜叠巘崿，台城互低昂。颓基翳荆榛，灵宫杳森荒。坤维若旋轮，朝昏靡有常。胜败岂由天，淘汰因所当。相期在千载，荣瘁非我伤。"忧深旨远，似齐梁人之作。

余半岁来又积近人佳句甚多，汇录之以供吟诵。五言奇兀，则侯官陈叔伊孝廉（衍）《慈仕寺访松》云："颇枯偃盖形，半秃夜叉臂。"排奡则陈伯严吏部《白下雨后望城冈》

云："坡陀明断潦，草木散微腥。"七言沉痛则陈弢庵《阁学哭蕢斋》云："少须地下龙终合，孑立人间鸟不双。"哀感则伯严《崝庐月夜楼望》云："郁郁川原高冢出，绵绵神理浊醪知。"（崝庐，在南昌之西山，庐旁乃吏部尊人义宁中丞墓）又闲逸则《和易实甫山堂夜雨遣兴》云："蟋蟀殷床如有约，驾鹅啼雨去无还。"感慨则郑苏龛京卿《送沈子培北上》云："余生家国终多负，当日名流略已残。"俊迈则文芸阁学士《庐山》云："晴日峰峦天子障，春云楼阁女儿城。"（自注：《水经注》庐江有三天子都，一本都作障。女儿城乃庐山地名）秾丽则夏剑成观察《无题》云："蜜炬灭楼初见兔，宝琴当树一惊蝉。"委婉则易实甫观察断句云："垂柳似人人似柳，春愁都在眼波中。"淡远则寄禅上人《重游金山寺》云："春风吹袂渡淮水，何处青山是越州。"

朱古微先生以词名世，而诗亦遒逸清新。兹见其《闭关》一律云："众蛰各坏户，孱栖聊闭关。皱眉参世谛，合眼住家山。起陆忧方大，安巢羽未还。沉冥非峻节，不忍负榛菅。"

近见恪士观察《天津杂诗》三首云："久雨荒生事，人烟惨淡中。连杯答沉响，虚枕引低风。蝶影移灯入，蜂房隐壁空。就乾得生理，此意傥吾同。"又："灭烛天光入，乾坤绝可怜。独成心皎皎，深坐夜渊渊。送日息群动，填胸哀昔贤。抟精尘土外，暂比入山便。"又："静坐如有适，从知昨者非。笠边疏雨过，草背一虫飞。酒薄心常定，谈深客不稀。八荒终炙手，吾道竟安归。"《寄怀舍弟兼示肯堂》云："侧身惊见孤飞鸟，落日无垠（垠一作根）大地悬。原野高寒愁积霰，弟兄南北各潸然。噤人乱角从空下，背郭幽花抱露眠。斜睨六州成独醉，朔风吹海又残年。”数诗是以韵格胜者，唐之戴叔伦、宋之陈简斋，殆能颉颃。恪士尝论作诗之法，谓遣词宜用子部罕经人道语，方能壁垒一新。诸作可谓极其能事矣。

南海朱稚圭先生（次琦）岭峤大儒，湛深经术。早岁端介而敏慧，以诸生见知于仪征阮文达常熟翁文端。年四十许成进士。咸丰初元官山西襄陵令，以仁化俗有循吏称。时烽燧遍东南，蔓延及三晋。襄陵濒临汾河，公画焚舟拒河坚壁清野策，贼不得逞，城卒以完。乃解组归，清风泊然，不持一钱。讲学于九江故里，泯汉宋之见，惟尚穷理治事，一时学者翕然宗之，称之曰九江先生。光绪七年，年七十五卒。有诗文集行世，诗五律为胜。如《造梁锡不值题壁》云：“橡叶郁飞翻，无人江上尊。我携筇竹杖，访尔桃花源。冻雨不成滴，荒云流到门。两三松宛在，倚遍更何言。”断句《送冯四》云：“庆君一卮酒，明日故园梅。”《出门叹》云：“依人愁庑下，为客在春前。”《夜坐》云：“城荒鸥吊月，灯尽鼠欺人。”又《集句留别晋人联》云：“且欲近寻彭泽宰，不妨长作岭南人。”均有意味。

九江先生理学名儒，一世宗之。而所作诗乃有极风趣者。如《春夜赠闺人》云：“深宵瀹茗手亲擎，小婢酣眠未忍惊。记得旧年扶病夜，泪痕和药可怜生。”《守岁与闺人夜话》云：“渐渐衣棱冻，娟娟鬓影深。镜奁今共命，灯火此愁心。万态趋残夜，孤思殿苦吟。高怀吾愧汝，卒岁耻言金。近恙亦良已，遐忧方缺然。与卿俱省恨，明岁入中年。事往疑寻梦，亲衰每祷天。翻怜株守好，说笑展春筵。”

丙午夏五吾友蛰庵由扶桑归沪将入都，伯严吏部亦适戾止，互以新诗书扇相酬酢。较之缟纻言欢，尤有风味，特录存之。蛰庵《春寒四律》云：“怀远伤高一往深，碧云回合自愔愔。他乡翠柳供愁断，别馆朱楼隔雨沉。歌舞渐阑闻酒恶，风旛微动恼禅心。衰迟亦有闲花草，未中思量且不任。”又：“梦雨灵风尽日吹，义山哀怨有微词。相逢旅雁酬佳节，惆怅吴蚕失后期。颇念漳边新卧病，漫劳中禁费寻思。客嘲宾戏都无奈，半月苔痕断履綦。”又：“渐乱春愁不可胜，萧条花叶共畦塍。酒醒车马迷踪迹，别后池台有废兴。前阁雨帘闻啄木，晓窗风幔暗飘灯。近旬无月临寒食，一碗斋糜冷似冰。”又：“畹畹年芳一半休，嫩苔生阁坐端忧。宁知沉酒非荒宴，可惜逢春只远游。灵鞠才名随仕宦，嵇康懒性负山邱。白桐花发郊扉静，不遣东风放紫骝。”伯严律诗二首《宿实甫崇福山寓庐晦若亦至》云：“结庐峰顶四无邻，共子衔杯话苦辛。投老齑盐坚自掷，逐群爪觜恐难驯。江湖暗数千帆尽，灯火初宜二客亲。去国怀贤纷涕笑，迷离今昔隔缁尘。”《靄园夜集》云：“江声推不去，携客满山堂。阶菊围灯瘦，衣尘点酒凉。平生微自许，出处更何方。帘外听归雁，天边亦作行。”读蛰庵诗如饮醇酒，令人不觉自醉。读伯严诗如入世族厅事，睹樽壶簠鼎，光怪陆离，眩摇心目，固非寒俭家所能窃效也。蛰庵又有《日本堀江桥旅馆》一律云：“板阁微沾酒，珠楼暗上潮。被熏歌昔昔，帘响雨潇潇。夜气愁相袭，春红旋欲消。何因栀子赀，流寓堀江桥。”亦流丽可喜。

沤尹先生，一时之词宗也。彊邨前集中咏荷一阕，友人瘿公极嗜诵之。题为《苇湾重到红香顿稀和半塘老人·调寄长亭怨慢》云：“倀销尽，涉江情绪，风露年年。国西门路。绀海凉云，昨宵飞浣石亭暑。乱蝉高柳，凄咽断蘋洲谱。莫唱惜红衣，算一例飘零如雨。　迟暮，隔微波不恨，恨别旧家鸥侣。青墩梦断，枉赢得去留无据。试巡遍往日栏干，总无着鸳鸯眠处。剩翠盖亭亭，消受斜阳如许。”沤翁尝曰：“词贵曲，不贵直。”此作秀曼无前，模写物态，敘述羁绪，咸曲尽其妙。贺方回词“试问闲愁知几许，梅子黄时雨”，余亦谓此词比兴处，直奄有其胜也。

陕西有二诗人。一醴泉宋芝栋侍御（伯鲁），一咸阳李孟符水部（岳瑞）。宋仪度和雅，诗以沉着绵丽胜。李襟期萧散，诗以俊伟博洽胜。兹并录于此。宋之《沪江曲》云：“红芙绣袢金沙色，碧玉华年貌倾国。檀槽一曲怨未终，珠帘月上梨花白。江边年少骄青春，宝马流苏光照尘。红楼教唱白鹦鹉，绣暮斜压金麒麟。花冠翠羽催啼曙，雨散云飞定何处。落花舞絮芳春深，娇莺飞上樱桃树。”《醉蟹词》云：“菰蒲风断新沙雨，细火星星点江浒。湿�争入晓市烟，十日瓮头春若许。红炉夜饮珠箔寒，美人纤手擎金盘。紫茸䴙坼白瑇瑁，黄芽细碎青琅玕。纷纷庭霰侵罗幕，醉卧不嫌锦衾薄。红沉度尽金鸭残，一夜霜寒梦高阁。”李之《瑶池曲》云：“瑶池楼阁绮窗开，神光照耀金银台。鸾笙凤箫忽停响，云中隐隐闻轻雷。延年歌舞能倾国，星妃月娇黯无色。天上犹传牛女债，人间那见英皇泣。此时飓风驾六鼇，天吴跋浪沧溟高。不见栾巴工噀火，只闻曼倩善偷桃。武皇岂有求仙意，多恐娇诬缘五利。阊阖冥冥紫雾深，何限云愁兼海思。”

拔可有《哀定慧五古》云：“我生寡所欢，往往叹气类。宁知哭死眼，遽乃及晚翠。平时略细行，未尽可人意。遂令尽命日，四海谤犹沸。邱山挽不前，毫末岂所计。狂药眩举国，觉痛旋复醉。欲回非尔力，构衅但取忌。肝脑所不吝，天日有无贰。顾或引之去，感语动涕泗。小臣自愚暗，君难安可弃。衣冠赴东市，嫉恶犹裂眥。似怜黄鸟章，临终徒惴惴。吾子有今日，夙愿百已遂。当贺更以吊，自反觉无谓。愿收彻天声，愿忍彻泉泪。敢以朋友私，辱君死君义。寒风今九月，归骨返郊次。孤䓿泣淮水，大阮怆山寺。忽闻颍儿歌，恐伤侍中志。行当谋速朽，种梓待成器。”沉绵凄咽，字字从肺腑中流出，直可作嗷谷一遍小传读。又《夏口》断句云：“妻孥随棹去，枕簟入秋凉。”要言不烦，感愉神志，亦唐贤高调也。

闽中王又点孝廉（允晳），翩翩书记，橐笔戎旃。近于友人扇头见其《兴郡客感·调寄木兰花慢》云：“洗红连夜雨，吹不散、画桥烟。叹景物关人，光阴在客，情味如禅。寻思刺船弄水，便归欤、何用置闲田。拼约春风烂醉，恨春轻老花前。　　湖天碧涨簟纹边，日日忆家眠。料试衣未妥，晕妆还懒，髩冷欹蝉。分明片时怨语，说相思、金篋已无笺。雨歇西斋淡月，隔墙犹咽幽弦。”又《海棠花下作·调寄浣溪纱》云：“叶底游人不自持，枝头啼鸟尚含痴，玉儿愁困有谁知。　　浅醉未消残梦影，薄妆元是断肠姿，人生何处避相思。”近时词家日就衰歇，二词骀荡清丽，洵足以鼓吹词场，与白石玉田并辔矣。

黎喟园布衣（承忠），福建长汀人，媿曾先生之裔也。工诗古文，侨寓汴梁三十年。屡为诸侯宾客，辄以使酒骂座去，竟至长贫死。有《渡河过氾水五律》云：“晓日催车铎，人烟近市嘈。带冈陶穴古，隔岸断冰高。山势回邙岭，关门控武牢。氾城如斗大，怀古望成皋。”高亮雄厚，是善学嘉州少陵者。

三原陈伯澜孝廉（涛），乃秦中大儒刘古愚先生高足。与余相识有年，而未见其诗。近得其《沪江病中秋感》数首，乃己巳岁君将作岭表游，卧病沪渎旅邸，述羁愁边事者。诗云："漫有元龙气，空余司马愁。贫知药价贵，病入酒家羞。雌凤仍巢阁，苍鹰未脱韝。一枰棋正劫，莫漫橘中游。"又："流血殷边草，苍生大可哀。空怀伏波柱，重上越王台。蛋雨孤帆湿，蛮花烂锦开。伤心逾五岭，鞭马去迟回。"又断句云："容颜秋柳瘦，节气木樨蒸。"亦妙，豪迈俊朗，俨肖其人。

宝竹坡侍郎尝曰：学韦柳先学其自然，此韦柳学陶体也。次学其清秀，此韦柳学小谢体也。至柳诗中有写怨者，则兼学骚也。非惟韦柳，王孟亦陶谢兼学。又学韦须淡古，较柳尤难。

郑太夷先生曰：作诗当求独至处。孟（东野）诗胜韩，正在此耳。真气旁薄，奇语突兀横空而来，非苦吟极思那能到，千古一人而已。近人惟郑子尹（名珍，遵义人。著有《巢经巢诗抄》）稍稍近似。今能效子尹者，则惟陈伯严耳。

余识蜕庵将十稔，劳燕东西，时有聚散。今夏蜕庵重游沪壖，握手道故，惘然如不胜情。赋诗见赠云："匆匆离合到今日，漠漠平芜下夕阳。如此头颅双白鬓，无端歌哭九回肠。中年哀乐归安石，海内知交感孝章。似说兰华时未晏，且勤岁暮事容光。"凄清笃挚，语沁肝脾。它人尚不忍闻，况仆也哉。别士先生与蜕庵八年矣，复相见于沪，赋诗志感并以简余云："十年不见两茫茫，忽尔相逢语转忘。一劫那能一宵说，此江未比此心长。琉璃厂外泥没脚，关帝庙前酒尽觞。

自问只疑弹指耳，兀然相对满头霜。”又：“寻常鲑菜浊醪陈，便尔匆匆过一生。往事已随名世去，出门便有大江横。狂言零乱原无次，秋梦悠扬不计程。只是迷津何处问，十年随例约归耕。”秋风落叶，忽闻怀旧之吟，百感坌涌于余心而不能置。谢公有言：中年伤于哀乐。先生与余辈当亦同之。

吾友丁叔雅于乙巳春卧病沪壖，有《漫兴》数首。余酷爱其二云：“逃名未得暂逃虚，散发斜簪讽道书。不信吾庐在人境，万花如海闭门居。”又：“明明如月何时掇，嫋嫋余音似可闻。长讶双鱼断消息，去天一握有孤云。”幽思沉绵，不可断绝。其飘逸处，亦何减列子之凭虚御风也。

伯希祭酒有自题《柳阴清夏合照一绝》云：“嫋嫋沧浪竹一枝，珊瑚拂罢便收丝。丹稜洪上饶虾菜，赤脚谁家踏浪儿。”宛宛有风致，余韵亦悠然不尽。或云祭酒纳一姬，貌不逮中人，而爱怜殊甚。此诗殆即指是耶。

伯华近客都门，有《和友一律》云：“诗心淡后无奇句，世事谈多有泪痕。与子细寻无味味，共余相喻不言言。当来弥勒终生世，过去巫咸尚理冤。试把十方三际看，铁浑仑亦不须吞。”君夙耽禅悦阐真理，故能得意忘言如此。

宝竹坡少宗伯（廷），郑邸之裔，宗室之贤者也。负才玩世，脱略不羁。喜从缁衣黄冠田父野老游，间涉郊野，携酒互酌，当其为适，旁若无人。尝试士闽中，归途娶江山船人二女为妾，以倩兮盼兮名之。即上书自劾罢，贫居陋巷，益酣歌纵酒，有信陵之遗风。喜观剧，贫不能具多资。辄持京钱四百携老仆往，杂坐稠人中了不介意，其通脱如此。著有《偶斋诗草》。少作尚才气。中岁以后，学陶白二家抒写性灵，不落寻常窠臼。录其《偶成》云：“开门看明月，满径雪花飞。小院绝人语，峭风吹我衣。绕墙松影重，隔巷柝声微。独立幽怀适，悄然无是非。”公没后数岁，哲嗣伯福庶常（寿富）仲福笔政（富寿后更名寿薰），同殉庚子之难。伯福尤才而贤，为当世所恸。公之轶事，世多不详。余闻于其门人吴彦复，汇识于此。

南陵徐积余宧游白下，好古綦笃。丙申之秋，尝偕郑太夷诸名士诣定林寻陆务观题名处，倩人写定林访碑图行卷，题者綦众。郑太夷云：“题名岩腹墨犹濡，惘惘相看入画图。一段烟云成故事，十年江汉老今吾。钟山游侣踪谁继，乾道诗人世已无。剩就徐郎求拓本，霜松雪竹共模糊。”《辛丑岁沈子培题》云：“六代山川满眼中，长衢广广逝波空。披图最识徐卿意，自剔残碑踏藓丛。”又：“风烟焦麓昔心悸，雨壁定林今墨凝。我与龟堂同念乱，小朝何敢薄隆兴。”又：“花枝娅姹冶城北，来及平台啜茗时。蓄缩雕虫壮夫老，燃脂甘读女郎词。”又：“吴蜀经行总惘然，荆舒得失过云烟。明朝戴笠骑驴去，试酌僧光一览泉。”清辞隽句，辉映画图。千祀而后，当亦有好事者称述弗衰也。

长沙吴雁舟太史（嘉瑞），文藻赡逸，才足干时。出守黔之思州，投迹南荒，百端咸理。乙巳冬作扶桑游，道出沪壖。倾盖歧途，麈谈竟日。君湛深内典，玄风弥畅。且与伯华诸君有创设佛学师范学校之议，俾佛学光昭于当世，甚盛举也。君尝偕寄禅上人作衡岳之游。有《懒残岩诗》云：“苔石碧如云，岩花寒自发。朝骑白虎游，夜啸空山月。夫君期不来，秋心结林樾。”清迈拔俗，饮一滴海水足知盐味矣。

湘潭王壬秋先生，遗荣遁世。文学司马子长，诗学老杜。沉着闲雅中，时露英爽之气。著有《湘绮楼集》。余最爱其《祁门二首》云：“已作三年客，愁登万里台。异乡惊落叶，斜日过空槐。雾湿旌旗敛，烟昏鼓吹开。独惭携短剑，真为看山来。”又：“寂寂重阳菊，飘飘异国蓬。孤吟人事外，残梦水声中。书卷千年在，亲知四海空。莫嫌村酒浊，醒醉与君同。”《马鞍山夜行呈弥之》云：“村舍犬惊吠，暮寒行客稀。乱余枯树在，愁罢白云飞。远路又将雪，故园应掩扉。烦君共尊酒，岁晚莫相违。”《独游妙相庵观道咸诸卿相刻石》云：“成败劳公等，繁华悟此间。依然一片石，长对六朝山。花竹禅心定，蓬蒿战血殷。谁能更游赏，斜日暮鸦还。”《春风》云：“远水接云昏，风沙暗送春。日迟骢马倦，花落小园贫。秀野蒙蒙白，荒塍历历新。飞埃来不近，愁是庾公尘。”又《寒食过故居偶感旧事绝句》云：“今日清明搅地风，山花无复缀枝红。秋千不动茶烟飏，独自闲愁午梦中。”松秀颇类樊川。

元和江建霞学使（标），力排群议，讲求时务。湘省风气之开，君为先河，然意以是罢去。雅善诗画篆刻，庋藏名人遗迹颇富。己亥岁侨寓沪壖，一炬荡然。迨予由泰州移居吴门时，君已抱病，犹得纵谈竟日，未几谢世。《灵鹣阁稿》亦不可复觅矣。兹从徐积余处得其遗诗数首。《题卞玉京楹帖二绝句》云：“想见衫舒钏重时，玉窗香茧界乌丝。独愁一事梅村误，不誉能书只誉诗。举举师师姓氏迷，飞琼仙迹近无稽。蚕眠小字珊瑚押，莫误杨家妹子题。”又《题玉京画》云：“爱读琴河感旧诗，枫林霜信叹来迟。秋风红豆相思种，定为萧郎写折枝。”信笔挥洒，妙绪天成。觉余淡心板桥记之言益可征信。君尝以冒辟疆菊饮唱和诗卷归之冒氏，艺林至今歌咏之。君有子名通，能读父书，绰有余韵。君为不亡矣。

李榕石（景豫），甘肃狄道州人。谭复生友也，博学工诗，没后诗多散佚。有《嘉州晓发绝句》云："晓日笼烟荡水光，扁舟载梦入苍茫。啼猿不识林檎熟，乱摘秋红打驾娘。"刻意摹神，自饶风致。北人善操南音者，仅得此君。渔洋而后允堪嗣响已。又《题谢宣城诗后一律》云："词赋空西府，高翔不受羁。口防三日臭，首愿一生低。大节遥光抗，才名沈约齐。青山何处是，芳草自萋萋。"亦语逸思清，弥可玩味。

瑞安孙琴西太仆（衣言），与介弟蕖田学士（锵鸣）诗文并有名。琴西先生游于曾文正之门为高弟子，著有《瓯海佚闻》《逊学斋诗文集》。生平持议阐扬永嘉先哲之学甚力，校刊《永嘉丛书》极精。卒于光绪甲午，年七十八。其为诗古体胜于近体，五古冲淡深秀，七古雄放典雅。兹录其五古《扬州晓发》云："蒙蒙水上烟，霏霏林表雾。城门旦未开，鸦鸣自知曙。笑语隔河繁，行人已待渡。我舟逐轻风，鸣榔亦南去。但闻疏钟声，危谯隐丛树。"七古《邵伯舟中戏述》云："扬州四月大麦熟，田家割麦兼插田。新秧刺水绿针出，东风拂拂铺碧毡。舟子舍舟归踏车，不知风利堪帆船。有女赤脚岂其妻，短歌相和复笑欢。鸣钲日暮车益急，湖头但作虹饮川。此邦沃饶惰可怜，安得力作如汝贤。我当为汝祈皇天，永无旱潦长丰年。"

咸丰戈甲俶扰之际，合肥有徐、王、朱三君，并以学术文章著称，同居英果敏公（翰）幕府，克襄大猷，躬靖时难。事定，英公欲叙勋官之。三人咸固辞，幅巾归隐，矫然特异。成功不居，矜式浮靡，有足多者。朱默存明经，名景昭，诗非所长。徐王皆能诗。

徐毅甫孝廉（子苓），自号南阳老人。生平兀傲，好凌驾人。工诗古文，杰出侪辈。著有《敦艮吉斋诗》，气格遒健，删削谨严。同治中选和州学正，不就。光绪二年终于家，年六十五。录其《啸公自冶父来旋去赋赠五古》云：“故人山中来，又向山中去。鸡鸣向我别，仆夫戒长路。惭无裘褐馈，前途慎霜露。”敦厚似古乐府。又五律《释迦寺夜归》云：“寺楼耽夜静，坐雨忘归迟。偶过前溪上，翛然自咏诗。野桃窥浅水，高柳映茅茨。山明劳相送，娟娟欲堕时。”淡逸逼肖辋川。

王谦斋明经（尚辰）性俶傥，能谋善辞，尝入蒙城说降苗沛霖。晚年学治生，有田园之娱。纳粟以翰林院典簿散官卒，年八十矣。著有《遗园诗》若干卷，多宗少陵，以中年之作为胜。录其《桂山弟约沈石坪度地湖干宿戴子瑞家用韵寄怀一律》云：“空城群动寂，夜气散荒园。遥忆舟中侣，言寻湖上村。雪光通月色，风力坼冰痕。更放山阴棹，携尊径造门。”别调独弹，意境清绝。又断句如“驿骑春风看牡丹，剧怜呜咽琵琶语。”搀入西风画角声，皆可诵也。

番禺张南山司马（维屏），嘉道咸诗人也。没后，陈兰浦先生选刻其诗，曰《听松庐诗略》，凡二卷。余最爱其近体。写景则《登楼》云：“西北有高楼，楼前杜若洲。美人如断雁，往事问牵牛。璧月随风去，银云学水流。明河原不远，只在柳稍头。”明丽似沈、宋。又《秋霖》云：“秋霖十日失高秋，独眺江天起暮愁。正寂寥时唯有雁，极空蒙处并无舟。潇潇路滑征夫骑，漠漠寒生思妇楼。已苦阴霾害禾稼，更催霜雪上人头。”音节清苍可诵。舟韵二语旷远处尤耐人思。摅情则《东园杂诗》云：“静久忽思动，出门随所便。时临深浅水，闲看往来船。万物物交物，百年年复年。

不知何处雪，吹到鬓毛边。”此乃晚作，亦简淡近香山。断句如《春夜紫藤池馆谳集》云：“白月藤花下，春人杨柳边。”《茌平旅次题壁》云：“家远寸心如转毂，路长双足是劳薪。”均佳。

比过友人居见芸阁学士所书《咏雨二绝》云：“丝雨蒙蒙湿九州，碧栏干外迥生愁。人间若有琼霄恨，不遣沧波入海流。”又：“群花无力斗春寒，迟暮园林怯晚看。行过苔阶重回首，他时曾惜一分残。”辞旨婉约，是以神韵胜者，令人低徊三复不能已已。

乙巳秋暮余居忧沪滨，伯华亦自日本归羁泊于此，时复过从论佛学甚洽。君湛深佛籍，与人居游，辄以此相劝勉。有《题慧居士集》云：“半生愁里过，一笑卷方开。鹫岭云犹在，龙华会又来。幻缘征道力，苦语得天才。除却黄金父，（自注：黄金父，即佛也，见内典）谁人识此怀。”《赠陈子言》云：“吾哀谢灵运，心杂误清修。又爱李长吉，才奇预圣流。古今三语掾，天地（自注：二字一作炉钵）一诗囚。言也真同调，何年结习休。”古有游方以外者，君殆其人耶。

湘乡李亦元比部（希圣），清刚遐旷，独秀时流。嗜古弥挚，尤通当世之务。庚辛之间，于朝事多所论列，闻者韪之，而与时触忤，竟不得一伸其志。浮沉郎署，抑郁以终。海内识与不识，咸抚膺悲慨焉。遗孤幼弱，其友人为刊遗诗曰《雁影斋集》，皆庚子以后之作，大致神似玉溪，亦颇多近杜处。然每遇友人称其似义山者，心辄不怡。兹录数首于此，亦论世者所乐讽诵也。《有寄》云：“汉女遗珠佩，湘妃倚薜萝。拟愁供楚雨，量恨与吴波。往事兼春远，流尘着梦多。玉珰无觅处，长是隔秋河。”《乱离一首仿元白体示颂年叔进两太史》云："乱离重说太平年，宣武城南二月天。崇效寺中寻芍药，陶然亭畔吊婵娟。九衢车马如流水，百戏鱼龙过禁烟。历历旧时歌舞地，为君写入七哀篇。"《帝子》云："帝子苔痕玉座青，鹧鸪啼处雨冥冥。北门剑佩迎蓍使，南极风涛接御亭。江海佳期愁畹晚，水天旧事梦娉婷。秦丝解与春潮语，一曲蘼芜忍泪听。"《天遣》云："天遣多情有别离，绿杨枝外抵天涯。粉蛾点滴牵丝出，金雁零丁怨柱移。锦字无多裁恨远，重帘不卷放愁迟。高唐梦雨相逢道，赋就春寒已后期。"《摇落》云："摇落于今又一时，劝君减思复裁悲。禁寒海燕原无赖，入梦江鸦不自持。石阙衔碑相望久，车轮生角得来迟。茂陵松柏秋萧瑟，留与梁鸿赋五噫。"《壬寅八月五日作》云："望仙楼下万人喧，新进凉州法曲翻。想见开天全盛日，年年八月坐朝元。"

亦元又有《读辛丑十月二十日诏二首》云："世论多翻覆，天心有废兴。仓皇诛管蔡，羽翼失疑丞。国狗应难噬，城狐未可凭。夜来看北斗，佳气满昭陵。"又："百万生灵血，东朝悔祸深。易名传玉册，流涕发金縢。载笔他年事，逋臣海外心。祖宗遗训在，覆辙莫相寻。"《酬樊按察见赠》云："六郡黄图接武威，极知边日少光辉。愁中岁月堂堂去，乱后山川渐渐非。浮海党人公论在，过江名士辈行稀。安危要仗隆中策，白羽终烦更一挥。"读数诗可想见其志趣。君于庚子冬著有《庚子传信录》《政务处驳议》诸书。言成轨则，为世鉴诫，一时传诵之。觉三代直道之行，犹见于今日也。

《平等阁诗话》卷一终

平等阁诗话

卷二

黄公度先生，文辞斐亹，综贯百家。光绪初元随使日本，尝考其政教之废兴，风土之沿革，泐成《日本国志》一书，海内奉为瑰宝。由是诵说之士，抵掌而道域外之观，不数如堕五里雾中。厥功洵伟矣哉。先生雅好歌诗，为近来诗界三杰之冠。所著《人境庐诗集》余未得读，所及见者，则曩在湘时持赠《日本杂事诗》二卷。兹摘录十绝句云："巨海茫茫浸四围，三山风引是耶非。蓬莱清浅经多少，依旧蜻蜓点水飞。"（注：神武尝至大和，登山而望曰：美哉国乎，其如蜻蜓之点水乎。故日本又名蜻蜓洲）"照海红光烛四围，弥天白雨挟龙飞。才惊警枕钟声到，已报驰车救火归。""新绿在树残红稀，荒园菜花春既归。堂前燕子亦飞去，金屋主人多半非。"（注：谓德川氏时江户城中旧藩邸舍）"博物千间广厦开，纵观如到宝山回。摩挲铜狄惊奇事，亲见委奴汉印来。"（注：博物院中有金印一，蛇纽方寸，文曰"汉委奴国王乃筑前人掘土所得。"即《后汉书》所纪建武中光武颁赐者也）"握要钩元算不差，网罗细碎比量沙。旁行斜上同周法，治谱谁知出史家。"（注：谓统计表。西人推原事始，谓始于禹贡。余考其法乃史公所见周谱之法也）“削木能飞诩鹊灵，备梯坚守习羊玲。不知尽是东来法，欲废儒书读墨经。”“斯文一脉记传灯，四百年来付老僧。始变儒冠除法服，林家孙祖号中兴。”（注：日本保元以降，区宇云扰，士大夫皆从事金革，惟浮屠氏始习文。林信胜尝读书僧院，有老僧欲强度之，不可。当是时儒者别立名目，秃其颅，不列儒林。及信胜之孙信笃，慨然以人道即儒道，不可斥为制外。请于德川常宪许种发叙官，世始知有儒云）“海外遗民竟不归，老来东望泪频挥。终身耻食兴朝粟，更胜西山赋采薇。”（注：朱之瑜字鲁玙，日本称曰舜水先生，浙江余姚县贡生。明亡走交趾，数来日本，遂家焉。水戸藩源光国执弟子礼甚恭，年八十余卒。源氏为题其墓曰：明征士，从其志也。舜水善讲学，一时靡然向风。弟子多著名者）“零落街头羽板稀，已捐团扇过时衣。儿时嬉戏都如梦，不见翩翩蛱蝶飞。”（注：旧俗插羽于木栾子上，以彩板承而跳之，翩翩如蛱蝶，谓之羽子板。正月多此戏，今渐革矣）“镜影娉婷玉有痕，竟将灵药摄离魂。真真唤遍何曾应，翻怪桃花笑不言。”写物如绘，妙趣横生。以悲悯之深衷，作蝉嫣之好语。旗亭画壁，孰为曼声歌之。

伯严吏部有《发南昌月江舟行五绝》云：“露气如微虫，波势如卧牛。明月如茧素，裹我江上舟。”奇语突兀，二十字抵人千百。又《夜渡宫亭湖七绝》云：“满枕轰轰汩汩声，飞舟一夜指吴城。栾公袖卷波涛去，看取珠宫明月生。”隽逸处飘飘欲仙，是豫章山水有数文字。余随侍先君子屡次道出其间，读是诗益令人流连慨慕也。

杭州南高峰烟霞洞，苏东坡尝游处也。司祝嚢刻岩石为财神，壬寅岁汤蛰仙大令见而斥之，易刻坡像。杭人遂题曰：“苏龛”。蛰仙以书报郑苏龛先生，先生赋诗云：“湖山多胜处，名迹谁能辨。南峰公再游，清浊遂一换。凛然执议力，岩石亦革面。奎宿招以来，钱神俄自窜。逐贫与送穷，扬韩弄其翰。今君亦有逐，二子当惊惋。平生吾东坡，异代独眷眷。敢怀争墩意，易此执鞭愿。他年身将隐，姓名应已变。洞口扫花人，安知即风汉。”名字巧合，诗亦绰有风趣。

吴挚父京卿（汝纶），壬寅游日本。有《赠田边为三郎诗》云：“黄落关天事，小虫安得摧。波神如上陆，富媪亦无才。澒洞风烟接，鸿蒙旦晚开。逢君在归舰，傥并海澜回。”又《渡海诗》云：“大海孤舟风万里，一船以外动相危。夜来惊浪掀天地，却是沉冥睡梦时。”先生为桐城古文家，不以诗名，而诗乃沉着如此。日本马关春帆楼，为乙未中日议和处。先生过之，题榜曰“伤心之地”。过客睹者，莫不慨然流涕。吴君遂《乙巳游日本有绝句》云：“万顷云涛玄海滩，天风浩荡白鸥闲。舟人那识伤心地，为指前程是马关。”即指此也。

乙巳二月，黄公度京卿病没嘉应珂里。人亡国瘁，此恸何极。追思往事，率成短章五首聊以当哭。诗云：“竟作人间不用身，尺书重展泪沾巾。政坛法界俱沉寂，岂仅词场少一人。”（近得先生正月粤中书云：自顾弱质残躯，不堪为世用矣。负此身世，负我知交。不意竟成谶语）“悲愤年年合问谁，空余血泪化新诗。微吟踏遍伤心地，不见黄龙上国旂。”（庚子秋余夜过威海卫，见英国兵舰云屯，电光灿烂。口占志感诗有“灵风彻夜翻银电，不见黄龙上国旂”句。嗣见先生游香港诗，亦有“不见黄龙上大旗”一语）

“雁泪随红涨秋水，法时尚任意何如。遥怜病榻传遗札，更胜当年论学书。”（水苍雁红馆及法时尚任斋之论学书，久为海内传诵，不知皆先生作也。顷有友自粤东来言先生病剧时更手作《论学书》万言）“无端重话旧因缘，说法维摩等化烟。何处身心现离合，天华来去自年年。”（先生此次来函，追述七年前病榻说法事。时在湘中，同人皆病。先生与复生同观余所藏之《维摩说法图卷》，因亦相对说法各数千言）“奇才天遣此沉沦，湘水愁予咽旧声。莫问伤心南学会，风吹雨打更何人。”（先生官湘臬时，与陈佑民中丞，江建霞、徐砚父两学使皆为南学会领袖。今诸君俱下世矣）袁爽秋太常，气节文章，一世推仰。而尤以诗名，刊有二集。一曰《渐江村人集》，为拥膝邱樊及回翔曹部之作。一曰《于湖小集》，为游宦皖南时作。前集排奡多肖山谷，亦间有似柳者。后集闲放，在东坡临川之间。余最爱其《晓发》云：“漠漠一江云，风吹如擘絮。渐闻篙石喧，稍辨青林曙。”“推蓬回望白云飞，须臾复度前山去。”《养疴》云：“东风吹人不可出，窗外摇飏小桃枝。寝瘵还应谢人事，为园孤负隔年期。黄山松花玉色酿，白岳笋束苍龙肌。宛转空斋资服食，过江持论养生宜。”

别士先生于庚子乱后重入京师，迨出津门南下为药雨题扇诗。有“青山白浪驰黄海，细雨疏灯过秀州。河流一道窗三面，赢得他年入梦无”诸句，无限凄凉感慨，咸寓于不言中。顷又见为公达书扇诗二首。《不寐》云：“残梦觅无处，宿酲寒已醒。风枝惊宿鸟，雪晕掩孤檠。忽忆平生事，恒沙不可名。止之神不许，始识学无生。”《与彦复邀曹家渡》云：“黄尘久与素心违，难得相将入翠微。秋水才能浮短棹，白云应未识征衣。无端旧恨随鸿到，如此斜阳信马归。霸业已非生计在，五湖鱼蟹古来肥。”又闻先生尝诵断句“垂死才通出世文”七字，亦令人玩味不尽。

余近于友人处觅得公度先生七律二首，乃庚子伤乱作也，亟录之。《闻驻跸太原》云：“南海昆明付劫灰，西风汾水雁声哀。勤王莫肯倡先晋，乐祸人犹奉子颓。兵甲谁清君侧恶，衣冠各自贼中来。壶浆夹道民争献，愿祝桥从万里回。”《闻车驾幸西安》云：“群公累月道旁谋，扰扰干戈未肯休。太白去天真一握，裨瀛环海更西流。河山形势成牛角，神鬼威灵尚虎头。（自注：端王所统虎神营仍随扈西行）差喜长安今夜月，千年还照帝王州。”悲壮激发，如读韦端己罗昭谏感事诗。每饭不忘君国，公度有焉。

夏剑成尝有《白门》一律云：“一片愁红堕白门，雉场百二暮云昏。江干月冷孤猊睡，城下潮来万马奔。苜蓿近郊惊草壮，蔷薇芳援隔花繁。谢郎东墅应输与，对局含颦枉断魂。”按此诗似为某年某国假狮子山操场事而作。凄清华赡，弥近玉溪。

吾友蜕庵本非词章家，然以诗文鸣世。此中结习，要亦未能忘情，与余正复同也。犹忆高楼清夜，徙倚画栏，背诵宋元人词，胥忘夜永。蜕庵尝语余云：词人以感慨为生涯。若至感慨俱无时，则其抑郁益可悯已。此论至为精当。顷见示《秋夕新霁》一律云：“闭门苦雨十日坐，夕光瀇瀇天试晴。湿云阴重欲倒地，凉月夜流微有声。万瓦白涵人气润，一灯青晕水痕明。秋人例有秋怀抱，卧看天河到五更。”

蛰庵有《送友南归》一绝，为蜕庵所最称赏。诗云：“楼头缺月夜向晓，骑马与君相送行。前路残春亦可惜，柳条藤蔓有啼莺。”神韵邈绵，二十八字足抵得一篇别赋。

沉吟楼借杜诗，见证向社所刻圣叹秘书中每诗皆借用工部旧题，初阅之不解其用意。及细玩其词句，乃知语有所指，当时不敢标题，特诡名以避祸耳。其诗语语清新，真堪宝爱。录其《游龙门奉先寺》云：“一游直遂去，几欲失招提。月直夜将半，霜寒鸟未啼。下民全梦寐，上界入玻璃。心地能无动，榛苓我念西。”《铜瓶》云：“美人脱纤手，此日下寒泉。泥蚀夔龙尽，天令体格全。遭时方丧乱，欲汝更迁延。明福全无信，深为密出怜。”（按：此谓福王薨殂，世莫能详）《可惜》云：“花汝有何恨，连朝力疾飞。不愁樽罍尽，可惜兴全非。子美篇篇老，陶潜顿顿饥。迟生又千载，惆怅与谁归。”《李监宅二首》云：“天且忘龙种，人犹选雀屏。春风开二室，花烛对三星。特达排时俗，分明合礼经。亦知鹰隼器，一为刷毛翎。龙子应归海，鹓儿暂借巢。曲房花灼灼，深院鸟交交。挥手停箫管，封侯觅鼓铙。出门骑马去，昨夜妇亲教。”（按：此谓烈皇帝女某公主下嫁事）《酬高三十五适人日见寄》云：“连年人日多春阴，今年人日稍称心。便觉病体得苏息，行下草堂窥树林。树林微光作年好，柳条梅蕋尤能早。妻子殊方泥杀人，不然此时我醉倒。是日东风尔许来，心疑尔正行春回。椎牛杀羊酒无算，吹角击鼓喧如雷。酒酣鼓止双扶退，四面如花卧屏内。纵使殷忧到两京，那望故人承一睐。初八上弦初九晴，十三十五放灯明。计程恰是人日发，诗到草堂真可惊。认印开缄见名字，走之刺眼光相媚。其中感愤皆人伦，至于清新且余事。因思是日我正愁，安得如尔十数俦。东西南北有牖户，我欲共尔先绸缪。诗云今年不如愿，未必明年又能健。天子虎臣此何语，老夫龙钟尚能饭。珍重裁诗答故人，草堂不为养闲身。但使青云求补衮，还将白发着纶巾”。《湘夫人》云：“绿江水神庙，云是舜夫人。姊妹复何在，虫蛇全与亲。搴帏俨然坐，偷眼碧江春。未必思公子，虚传泪满筠。”《宴吴侍御书堂》云：“余日帘钩尽，新花院落飞。移樽近书架，点笔候灯辉。天下吾侪事，文章举世非。厌厌毕今夜，仆马汝先归。”《王十五前阁会》云：“晚晴江岸湿，老病杖藜难。值汝登高阁，来呼心所欢。江鱼不厌细，破腹未容餐。竹叶禁三爵，银花只满盘。”《愁》云：“江水流春不当春，江花江草故愁人。开头捩舵汝何往，击鼓鸣铙皆不伦。巫峡啼猿真迸血，楚天朝雨最通神。老夫欲寄精诚去，凭仗高风达紫宸。”

甲辰岁暮，范肯堂先生客死于沪。归葬通州，挽之以诗者綦众。兹汇记于此。陈伯严诗云：“摇摇榻上灯，海角相诺唯。羸状杂吟呻，形影共羁旅。嗟子淹沉疴，倏忽笃行李。饱闻绝域医，沪渎颇挂齿。谬计石散力，万一疾良已。子果用所言，携孥叱神鬼。初来奋低昂，稍久勉卧起。云何别匝月，天乎遽至此。岁暮轰雷霆，但有瞪目视。疚恨促之行，颠踬取客死。又幸保须臾，絮语落吾耳。残魂今安之，荒茫大江水。”吴君遂诗云：“垂死病中一相见，濬冲伤性了残生。肺肝早分忧时裂，涕泪从教哭野倾。袖有文章能活国，目存江海独伤情。廿年爱我如昆弟，竟使枯桐不再鸣。”陈鹤柴句云：“弥留瞬息仍耽道，绪论能窥万物根。腐骨何须问乡国，大文至竟有渊源。”（注：范先生病亟时，有劝其归者。先生曰：归死客死等耳。奚为故乡，奚为道路乎）

邱履平（心坦），海州大侠也。家贫尚然诺，能以恩信施及乡闾。尝为曾湘乡相国府史，得将徐海间奇材剑客数百人为一队，从大军战关陇间，积功至副将弃去。橐笔遨游戎幕，以候选县丞终。年五十五，客死于丁沽。有《归来轩诗》一卷。朝鲜之役，从吴武壮在军中，故多三韩之咏。兹录《登华山》云："华山十万八千丈，到此真穷造化根。百岭垂绅朝帝座，三峰砥柱插天门。雷轰少室神先王，云压秦关势欲吞。掌上星辰休咳唾，传闻深谷有龙孙。"《清明有感》云："风雪逼清明，殊方柳未青。窜身经远塞，欹枕梦归舲。南徼闻酣战，群公已勒铭。自惭非壮士，何敢怨飘零。"《题李翰丞画芍药》云："曾记花时共倚栏，春残我亦别淮干。可怜旧梦无寻处，忍把将离作画看。"又断句："三韩成久戍，十月已深冬。雪色没诸峰，城楼出万松。"诸诗多意态雄杰，奇气喷薄纸上。山阴诸真长以是集贶余。《且述邱君五十自寿联》云："一生事业归来草，百战功名未入流。"妙于诙谐，可想见其人之风趣。

"白藕香清暑气微，绿阴昼静客来稀。万松密锁云间路，六月寒生溪上衣。"此天童寄禅上人长夏答友诗也。天童岩壑清奇，有元明古松大皆十围，绵亘五六里。炎夏入其中者，寒暑顿异。此说曩闻之寄公。今读此诗，不禁神游其际。

文芸阁学士尝自诵《水龙吟》一阕示人云："落花飞絮茫茫，古来多少愁人意。游丝窗隙，惊飚树底，暗移人世。一梦醒来，起看明镜，二毛生矣。看葡萄美酒，芙蓉宝剑，都未称平生志。　　我是长安倦客，二十年软红尘里。无言独对，青灯一点，神游天际。海水浮空，空中楼阁，万重苍翠。待骖鸾归去层霄，回首又西风起。"且述陈右铭中丞当时最赏此词，谓非词人之作。

侯官林怡庵上舍（葵），郑苏龛京卿舅也。家贫嗜酒，放纵不羁。尝游吴武壮朝鲜幕，与周彦升、朱曼君为酒友，每饮辄醉，有刘伶荷锸风，竟以是凋其天年。性耽吟咏，稿多散佚。尝于友人处见其自题《画箑绝句》云："日煖尘香淑景和，碧垂红卧晚枝多。闲门病酒无人问，奈此春融艳艳何。"风致楚楚，音节邈绵，颇似元人诗。

北海郑叔问中翰（文焯）一字小坡，雅善倚声，知名当世。有《比竹余音词集》，弥近白石清真。昨以《杨柳枝》词见示，乃庚子之乱感黍离麦秀而作于都门者。兹录五首云："数行烟树蓟门春，离袂经年惹曲尘。莫为西风摇落早，灞陵犹有未归人。"又："拂堤晴缕万丝柔，只扫芳尘不扫愁。羌笛数声乡泪尽，夕阳红湿水西楼。"又："晓含斜月晚含烟，翠缕如云挂玉泉。香辇不回秋又暮，栖鸟头白近霜天。"又："平居谁分解伤春，争赌长楸走马身。黯黯空城飞絮尽，哀笳吹起六街尘。"又："雨洗风梳碧可怜，秋凉犹咽五更蝉。谁家残月沧波苑，夜夜渔灯网碎钿。"辞意凄婉，神韵邈绵。上足以比肩张祜，近可以方轨渔洋。嗟余畴昔，行役燕郊，弥有满目西风之叹，诵是诗益令人枨触当时也。

芸阁学士别号纯常子，用庄子"纯纯常常"乃比于狂之语也。平生与沈乙盦方伯最为友善。尝问乙翁曰：余诗于古人奚似。乙翁曰：君诗自具一种冲和之气，殊肖王摩诘。此意外人那得知，则亦以为似青邱也。可谓名论。诗已记于前，兹录其词三阕。《浣溪纱》云："畏路风波不自难，绳床聊借一宵安，鸡鸣风雨曙光寒。　秋草黄迷前日渡，夕阳红入隔江山，人生何事马蹄间。"《过洞庭作·调寄阮郎归》云："玳筵别酒未曾醒，飞帆过洞庭。哀猿啼入雨冥冥，君山何处青。　木叶下，蕙兰馨，婵媛帝子灵。十年踪迹楚江萍，烦军鼓瑟听。”日本艺伎瓢箪书来戏题其后。（自注：日本语谓葫芦曰瓢箪）《调寄少年行》云：“清胪映雪，纤腰贴地，东日照名姝。教剥瓜犀，戏堆蜡凤，情态半憨疏。　　还相问，近来消息，怀得汉书无。如此壶天，侭留人住，我欲再乘桴。”

庐江为淮南奥区，自江龙门（开）而后，诗教凌夷，《广陵散》绝。今吴君遂比部、陈鹤柴布衣起而张之。吴诗已录于前。陈作传者犹少，兹录数首于此。《璇宫织》云：“君住天河东，妾住天河西。明明一水不得渡，隔河隐约闻天鸡。流水汤汤，风雨凄凄。青鸟传书来，要我断却轧轧双鸣机。司耕司织各有役，妾亦安能为君屈。”（按：此诗因庚子都门之乱南省疆臣拒伪诏而作）《与陈伯严先生饮酒垆即送归秣陵》云：“夫子犹龙耳，豪情问酒垆。樽前集风雨，诗思隘江湖。神物岂终晦，俊游惊易徂。乘潮挂帆去，极目渺愁吾。”《沪渎遇李孟符水部赋赠》云：“往者天倾变，中枢厄运开。灵均兰蕙叹，臣甫杜鹃哀。此意成今古，斯人隐草莱。不嫌频问讯，聊为乞诗来。”又断句《闻宋芝栋侍御出狱喜而有作》云：“汉家已赦甘陵部，坡老曾书元祐碑。”《吴雁舟太守由扶桑归沪晤谈赋赠》云：“一线春江词客泪，万山寒草故人坟。”《赠愠庵》云：“赖有挐蒲闲送日，不妨门巷出无车。”《偕文公达诣龙华寺看桃花》云：“愁霖浅雾过寒食，羸马单车叩竹扉。”《咏柳》云：“怜渠未到飘萍日，不信人间有别离。”

钱刘诗多秀句，而近人能似之者，则王壬秋先生《咏柳花》云：“浩园墙角无人到，扑地漫天欲问谁。”郑海藏京卿《花市》云：“买来小树连盆活，缩得孤峰入座新。”皆楚楚有致。至海藏断句："老意趋枯淡，孤踪近郁沉。""半规凉月通宵色，一枕劳生向晓心。"则阅孤世吟，自行写照也。

上元王雨岚明经（章）工书画，与先君子为诗酒交。咸同之乱，携一子转徙吴越间，既贫且老，而豪气不除。著有《雨岚诗抄》。七古豪放类太白，五古廉悍似柳州。兹录其五古《偕稼生（先君别号）兰坨石生早秋游惠山》云："新秋尚余暑，荡舟寻寺门。清风发林罅，日没闻蝉喧。浴罢井亭上，披烟汲清源。咏归任所适，野塘荷叶翻。东田稻未熟，黄雀下高原。招游散襟抱，感物已忘言。"七古《前对酒歌》起语云："欲曙不曙冬夜长，一鸣俱鸣鸡翼张。高堂烛尽拂衣起，拔剑出门天有霜。"《过止何寓饮大月作歌》结语云："劝君莫踟蹰，不饮何其愚。碧云满地似流水，醉倒玉山相与扶。"寄先君绝句云："往事回头感不支，晨星落落柳丝丝。溧阳三月春如梦，又是新蚕上箔时。"旖旎沉绵，描写吾邑风景如绘。又《题沧江风雨图》句："要知衽席有不测，奇险岂在波涛间。"赠先君句："惯遇途穷权忍泪，渐无人问喜藏名。"均有意致。善诗者往往仪态万方，不拘一格。如陈伯严吏部之《过季词》云："日暖街头鹅鸭喧，幅巾寻子欲忘言。追逋馈岁游尘外，手叠丛残独闭门。"则闲淡沉郁也。《江楼晚望》云："嫋嫋江波初月辉，楼船去眼竟何归。鄰歌只是牵人意，博得凭栏露湿衣。"则清丽芊绵也。余谓前诗是正宗，后诗是变调。

上元许海秋太史（宗衡）著有《玉井山馆诗》，雄放恣肆如九派奔流，万怪惶骇。亦有淡远萧散者。兹录其《戒坛五古》云："佛说不可闻，沉沉垂幢播。诸天散花雨，绀殿深无喧。栏楯错金碧，龙象疑腾骞。古来羯磨地，一例消闻根。夙受孔子戒，安能忘语言。凡境有阶级，何时脱嚣烦。翻思解禅缚，微笑颓芳樽。”《冬日即事》起数语云：“荒苔点寒碧，客至阶雀飞。程生（自注：名守谦）时来谈，不及盐米微。贫交罕酒食，空言尝低徊。”又断句：“生事百不谙，高坐惟歌风。谁来慰风雨，吾道本艰难。”均能自抒怀抱。太史遘咸同戎马之乱，流离道途与王雨岚诸人咏歌为乐。槁死林泉，固贫能乐道者也。

武陵陈伯弢（锐）著有《褒碧斋集》。少壮之作多神理内含，如春雨岩苔，苏门长啸。近作则风骨泠然有秋气矣。录其《去桂阳》五古云：“横飙厉浚谷，烈日晒高滩。晨策石峡动，夕涉沙路干。舍装就轻艑，始觉湍濑寒。濯予缨上尘，候此风中绕。”《舟泝朱亭入衡山县境五律》云：“雨过朱亭水，山回紫盖风。怒泷千里下，奔障万牛东。云缺初窥岳，凇寒半掩篷。孤舟吾恋汝，愁绝夜飞鸿。”《散步偶吟七律》云：“骏骁东风苏柳魂，渐能招我步烟村。过桥路滑愁行马，喷雪江空欲上豚。春去春来花自笑，潮生潮落梦无根。杜郎薄幸天生与，不悔当时有罪言。”

遵义郑子尹先生（珍）笃学能文。家奇贫，遭际乱离崎岖山谷间，时以诗篇写黔中巉崖绝壑之胜。雅善说文，故为诗不主故常而自然幽峭。论者谓东野之嗣音也。以明经官荔坡教喻。曾文正治兵江南，闻其贤，疏荐于朝。得以江苏知县用。而道梗不能出山，同治三年九月以疾卒于里。著有《巢经巢诗前后集》暨《经说文集》若干卷。兹录其《病夜听雨不寐示诸生》云：“穷人乃富骨，春服三重棉。一刻偶不戒，遂为风所缘。故知终日间，违己即生患。老氏云无身，此语或未然。”《无事到郡游》云：“莫五（友芝）似裴迪，邈然清妙机。喜读不急书，堆案乱不齐。兴来即相过，谈谐无町畦。清坐或终朝，不避子与妻。黄花长于人，色胜金留犁。告我春种时，亲送斤竹溪。大笑此言信，劳君十瓮齑。”又《抄东野诗毕书后》云：“峭性无温容，酸情无欢纵。”上友千祀，如见其人，不仅可作贞曜先生赞读也。

陈叔伊孝廉尝有句云：“纵有四时最佳月，已多一去不回年。”二语中括无限感慨，正如昔人所谓“万物相代于前，此意正恐人觉”也。余亦有句云：“晨昏大生死，萍絮小沧桑。”吾友桂伯华尝嗜诵之，谓得禅中味，然终觉不如前二语之蕴藉矣。

武冈邓弥之先生（辅纶）官司内阁中书，家世仕宦。磊落多奇，少与湘潭王壬秋同学。时王犹单寒未知名，邓一见器之，供给资斧且订交。又友九江高伯足（心夔）。三人皆当时卓然特立士，后俱以文章名天下。至今东南言文学者，犹有余慕焉，咸同之际，儒者类知兵。若先生及朱九江郑子尹皆居危邦克自表见。先生尝入南昌围城中省父，率江军击贼，复数县地。会有不嗛其父按察君者并中伤之，引疾去。嗣曾文正疏荐以浙江道员用，世方屯难多厄，郁郁不称意。遂槁首田园，肆情山水。以光绪十九年卒。其友许仙屏河帅梓其诗三卷曰《白香亭集》，以所居湖名也。兹录《小孤山》诗云：“彭泽汇九派，孤山遥双门。小者特遒丽，盈盈媚江渍。岑巅秀自削，壑底疑无根。岨岘颖新脱，隈隩波微吞。虚嵌云霞窟，隐襞罗縠痕。仰怯修绠垂，俯濯惊流奔。危亭出翠霭，半壁缭丹垣。蒙笼炫秋妆，窈窕摇精魂。思得援纤萝，聊留玩芳荪。俄瞬割今昔，洄虑渫澜沦。将止元冥栖，庶契清净源。”《赠善化学佛人报晖居士（自注：报晖姓黄名维申）》云："业识何茫茫，与物同昕昏。浊水遗元珠，惝恍迷精魂。黄子静者徒，念念穷其源。视足如委土，乃见兀者尊。谁谓蹒躞中，不有超然存。闭关有余乐，时复过浩园。园中多生意，一雨草木蕃。悠然接鱼鸟，此意非寂喧。新诗频见慰，冥契不可谖。绮语犹筌蹄，淡对余何言。观化化靡停，断爱爱愈繁。不回牟尼照，百世无朝暾。与为汩其泥，孰如空尘根。真妄两俱遣，形骸焉足论。"又《和陶移居一首》云："饥来且乞食，客至多赋诗。时时出妙语，呼友更定之。吾党二三子，有酒辄我思。鸡黍递相招，取适微酣时。此邦信为乐，葺茅将在兹。人生亦易足，何用诈与欺。"可谓写景得谢之秀，述事得陶之醇已。

江孝通户部（逢辰）一字密庵，广东归善人。温笃孝友，工书能画。性放逸，喜游山水。官京师且十年，翛然物外，不与时竞，惟以诗酒自娱。旋去为两湖书院教习数年。返粤卒，年四十许。有诗词若干卷，存其友梁伯尹处。兹录其《拟东坡小圃薏苡五古》云："交趾丽南越，蛾眉近西塞。中间万余里，于此验进退。薏苡交趾产，其实大无对。离离簳珠圆，颗颗玉粒碎。罗浮有遗种，移根足灌溉。滞苗奋膏雨，结穗含烟黛。惊风意自若，严冻性能耐。生意叹聊落，敢复怨荒秽。短篱护衰质，地僻鲜加眛。用之可救荒，此才固未废。伏波御瘴毒，谗者一尺喙。珠犀何所有，贝锦且至再。迁客亦有幸，饱食固无碍。他日许归田，慎此一车载。"《戒坛四松歌》云："戒坛之松天下奇，我今见松信有之。天地骇色鬼神入，龙蛇起陆雷雨垂。伏者崛强起蹬踞，奋者鳞角驯鬣髻。就中挺特见威猛，十丈高卓天王旂。托身壁立自千仞，颇讶与世无委蛇。出尘业已动海众，落子况足供朝饥。年深琥珀露光怪，黑夜往往惊樵儿。说法者谁天人师，龙鬼密布增然疑。四松龙树大菩萨，戒律森肃相扶持。阅人十万八千劫，人去松默两不知。奇观齐叹得未有，造物敢自存有私。道人两耳不闻事，尽日谡谡松风吹。”又《西山》句：“水声苍玉佩，云态白罗衣。”《忆苏山》句：“云林负郭浦风峭，雪浪打矶江月多。”均佳。密庵长于古体，奥衍雄奇，逼真苏杜。他作亦有近韩李者。

临桂况夔笙舍人（周仪）词学极邃，不善治生。近年旅食白门，有周美成憔悴京洛之概。著有《第一生修梅华馆词》。余最爱其《减字浣溪纱》云：“风压榆钱贴地飞，油云东北走轻雷，铜街车马未全稀。　芳树总随幽恨远，乱鸦犹带夕阳归，城头清角莫频吹。”《江南好》云：“南湖好，画舸近垂杨。不采花枝唯采叶，美人心事惜红芳，花里并鸳鸯。”二词融景入情，其娟秀处在骨。夔笙《香海棠馆词话》有云：“真字是词骨，作词有三要。重（自释：重者沉着之谓，在气格，不在字句）、拙、大，正两宋人不可及处。词太做嫌琢，太不做嫌率，欲求恰如分际。但看梦窗何尝琢，稼轩何尝率。”又曰：“词贵意多。一句之中，意亦忌复。”此真善言词学之真际者矣。余谓前数语，且可通于诗，亦诗家所宜奉为模楷者。夔笙又尝自谓其词宜于广厦细毡之上，不宜于凄风苦雨之间。盖境之困人，名士不免。

绝句如须弥藏芥子，自古为难。其要旨则在一气回旋蕴含无尽。有以议论胜者，有以神韵胜者。议论则谭复生《题宋徽宗画鹰》云：“落日平原拍手呼，画中神俊世非无。当年狐兔纵横甚，只少台臣似郅都。”神韵则李莼客《鉴湖柳枝词》云：“家家门巷正啼莺，取次轻阴间嫩晴。满院杨花人不到，秋千撩乱作清明。”

江龙门大令（开），庐江人，家于桐城之龙眠。丰颐修干，美须髯，性卓荦。善技击，文章敏赡。少年锐意功业，纵横博辩。举孝廉游京师，一时名卿如杨昭勇、侯遇春、周制军天爵，闻其名咸相敬礼罗致。先生负才凌物，与时触迕，屡遭罢黜。以娴于政事，终得复起为陕西紫阳令。时道光之季，先生知天下将乱，乃尽室以行。咸丰末年终于陕，年古稀矣。其子若孙遂为陕人。咸阳李孟符水部与有姻戚。谓近徙居陇上，其遗稿遂残缺不完。先生于诗古文书画，靡弗精绝。鹤柴里居日尝稍稍见之，且得略闻其遗事于故老，每叹邑乘之不详，而为余述其崖略如此。先生著有《浩然堂集》，尝与荆溪周保绪、山阳潘四农、宝山毛生甫为文字友。兹录其诗二首。《秋夜怀王伯生》云：“月华入窗隙，幽人思未央。空阶吟蟋蟀，清梦落潇湘。木叶下秋水，江波生夜凉。离魂惊晓角，同是客他乡。”《祝鸡祠》云：“花鸟从天落，灵祠比露筋。相窥惟宝月，无梦作朝云。磴道石林合，滩声风雨闻。刘安拔宅后，神女亦呼群。”朗拔，是豪俊人语，弥近太白嘉州。又《咏牵牛花》句云：“小苑烟霜成独处，满天风露若相望。”《登潼关城楼》句云：“四塞山河三辅壮，九秋风雨二陵多。”秀曼沉雄，足见才人之诗无所不可。

江龙门先生长于七古。有《经函谷故关访项羽坑秦师处》一首云：“奇冤报复信有神，白起坑赵羽坑秦。陈师巨鹿二十万，也抵长平卒一半。当时百胜养全威，壁上诸侯谁敢战。江东子弟猛如虎，况沉而舟破而釜。朝不灭秦秦灭楚，重瞳叱咤王离虏。弃灰偶语获更生，此际重瞳亦汤武。强弓力尽宝刀缺，只恨秦军杀不绝。亡魂失魄驱深坑，骨肉泥沙拌金铁。惯寡人妻孤人子，昔何勇锐今何劣。千秋峭壁土花斑，疑是当年战士血。吁嗟乎，秦据天险虎视眈，因利乘便吞东南。扶苏不死仁足守，九州玉帛通崤函。祖龙之暴天厌久，雄关百二摧枯朽。项王衣锦不还乡，以暴易暴天何取。毕竟秦亡楚亦亡，为汉驱除作功狗。策马当年古战场，蛇盘蚁赴争羊肠。轮蹄铁破腰断折，铿訇镗鞳车低昂。函幽孕明奥天府，建瓴势重真扼吭。从来在德不在险，圣人御宇敦平康。关门令尹废弃久，不待鸡声人启行。秦干天怒乃恃此，二十万人同日死。岂徒赵卒冤气伸，地下诸儒大欢喜。”魄力雄厚，发挥襟蕴，直与王弇州《长平行》同为千古绝唱。

新建夏剑成观察（敬观）以所著《吷盦词》见贻。哀感顽艳，清真梦窗之遗音也。余爱其《菩萨蛮》云：“啾啾松柏东陵道，春风又绿西陵草。高马逐香轮，太原游侠人。

南来雁飞月，目断咸阳阙。御树绕街斜，杜鹃犹着花。”《庚子乱后重来京师感赋此解·调寄望海潮》云：“雉墙斜日，孤篝新火，危楼直瞰高城。繁吹怨风，银枪耀雪，秋场夜点蕃兵。重到暗心惊。想朔尘匝地，西望秦京。绛阙迢迢，玉河不动，灿三星。　　东华往事凄清。付垂杨鸟语，疏草虫声。檀板未终，残灯更炙，笙歌乱后重听。十载误浮名。笑酒边老大，吾亦微醒。满屋狂花，替谈兴废有山僧。”《吴门旅邸春晚感怀和梦窗韵·调寄莺啼序》云：“微阴荡楼酿晓，引蟠花照户。画帘卷、低约东风，对日还忌曛暮。覆城苑云昏万里，啼莺只在荒宫树。念临流、漂荡参差，暗中吹絮。　　出郭西门，绣鞅并骑，堕园红暖雾。暗尘锁垂幕廊深，泪巾曾遗题素。绕摇杨煴香梦促，乱丝掷娇黄千缕。弄风人、妖丽胡冠，小翎飘鹭。　　衰桃挂眼，顿变青芜，感春在倦旅。玉露泻、酒声无力，恨满尊凸，倚槛双成，醉唇衔雨。玄龙但焕，娇云何在，朱桥碧舫当时事。剩荒陂、暝色流花渡。南塘渐暖，菖蒲自结疏花，素袜屡溅泥土。　　平烟废绿，望接南家，听怨歌断苎。暗损尽风怀年少，困老词场，姹唱催愁，懦弦惊舞。移镫散锦，遙帷归卧，幽单客枕春向尽，叹人情、如置秦筝柱。江南词客哀时，瘦窄腰围，带痕见否。”又《鹧鸪天》句云：“赣江未是无情水，不向东流向北流。”亦佳。近世词人如彊邨、纯常、叔问咸能独树一帜。接武而起者，其《吷盦》乎。

闽县陈伯潜阁学（宝琛），一字弢庵。光绪初年服官京朝，与丰润张幼樵京卿、归善邓铁香给谏、宗室宝竹坡少宗伯、瑞安黄漱兰少司马四人为友。屡上封事，整饬纪纲，指摘利病，时号清流。甲申以微眚左迁，遂返初服。耕山钓水者廿余年，夷然若与世相忘。喜歌诗，有《听水集》。长于五古，潜气内转，真理外融，酷肖宋人，以意境胜。录其《检蒉斋（张幼樵别号）手札怆然有感》云：“君才十倍我，而气亦倍之。等闲弄笔札，时复杂怒嬉。东坡乃天人，群怪吠故宜。只惜元祐政，斯坏无一遗。颇亦怼君激，何妨少委蛇。胡为料虎头，一斥濒九危。世运实丁此，陆沉坐咎谁。兹境恍昨昔，三复涕涟洏。”《次韵答伯严》云：“一剡星再周，百罹老俱至。支离江海侧，萧瑟沆瀣气。与子宁石人，相望无只字。天高醉不闻，愚者自忧坠。岭南曩邂逅，丈人故我惠。廿年剩梦思，万事错棋置。山堂蜕巾履，子亦屏世伪。翩然江东西，得句旋复弃。岂无澄清志，悔揽孟博辔。霜钟千里声，省录及衰瘵。别怀正满抱，退笔更一试。侧闻沅湘间，唏嘘话旧帅。”（按：阁学为伯严吏部座师。诗中丈人旧帅，皆谓右铭中丞也）《七律则雨后入鼓山》云："雨泊江湾喜见星，可曾一诺负山灵。廿年算与云泉习，万事浑随齿发零。尚亦有人规柱石，（自注：寺僧方庀材新殿宇）未应无地着巾瓶。月明留得岩前瀑，准备虚楼彻夜听。"气逸思深，言际蕴含无尽藏。

世传缠足之风肇于南唐。宋燕生征君（衡）曰："是殊不然。当是窅娘裹足作新月状。仅南唐宫闱偶一为之以为戏耳，未尝及于士族民间。至宋则北里官伎或有起而摹效者，迨嫁为贵人姬侍，生女复踵而行之，以为美观。其风始播于士族。自熙宁元丰以后，迄于南宋，重男抑女之说大盛，其风遂渐渍于民间。夷考当时服饰之制，及文字诗词之间，可洞究其由来已。元代入主中国，此非蒙古俗，必不以是强民。然习俗既成，亦莫能革。至明世恪遵宋儒重男抑女之说，而缠足之风于是盛行于天下。遐陬弱质，举罹其灾，无免者矣。"宋君博窥载籍，言皆有本，余甚韪之。余因忆及《胜朝遗事汇编》载：明太祖既平海内，上元夕微行观灯。见有一灯作大足妇抱西瓜状，（盖谓淮西妇人好大脚，意指马后也）太祖悟其隐含刺讥，怒而归。命诛制灯者及悬灯之家。则当时风尚可知，直以不尔者为深耻矣。近者放□足命下。沭阳胡普芳女士（仿兰）家本士族，才而贤。适同邑徐氏子有年，生有子女。性嗜学，喜观新书阅报章。毅然放足为邑人先导，致逢舅姑怒，迫其饮药死。宋君哀其志，赋诗三章挽之。其一云："怪哉乃以遵王死，世界恒沙尽一惊。谁道神州是专制，舅姑威重辟威轻。"其二云："孔妻孟母皆天足，惨俗无关宋以前。太息八儒何处觅，微茫师说堕荒烟。"其三云："如子犹为不幸幸，得逢义士奇冤传。（注：谓上书大府者）世间多少徐家妇，万鬼啾啾竟孰怜。”三诗有典有则，惜往伤今，元道州、白香山时有此种意境。

陈伯弢大令，长于倚声。有题《鹤道人沽上词卷·调寄绮寮怨》云：“对雨当风残夜，早凉吹上衣。暗舞榭，数点狂花，征尘里，怕见花飞。当年旗亭画壁，黄河唱，丽日春送凄。念醉中，玉笛羌条，关山远，怨曲当寄谁。　怅望去天一涯。昆明旧事，何堪再梦铜犀。露泫云凄，有蝉泪，洒高枝。沧江故人都老，且漫赋，冷红词。悲君自悲，想思待尽处，蚕又丝。”又《杨柳枝词三首》云：“二月隋堤水皱池，流莺已在最高枝。一般飞絮无才思，却任东风划地吹。”又：“残局湖山绝可怜，十年林燕故依然。酒旃画角斜阳里，犹自殷勤缆别船。”又：“露白烟黄夜欲深，白门灯火恨沉沉。墙头去尽闲车马，老我安排锻灶吟。”善于写怨，抗志违俗，刘白之嗣音也。

饶石顽舍人（智元）善诗，尊唐黜宋，持之甚严。博综遗闻，多所赓咏，著有《十国杂事诗》。余最爱其《咏吴越一首》云：“保叔塔前江水春，轻车油壁雨如尘。至今湖上青青柳，欲绊东西渡水人。”风神秀逸，是真能以少许胜人多许者。

南海陈兰浦先生（沣），荀董之流，儒而且文，粹然大师也。传经余暇，不废藻咏。没后其门人稍稍传其长短句，仁和谭复堂大令（献）《箧中词续集》录六阕。余爱其二，特录之。《惠州朝云墓·调寄甘州》云：“渐斜阳淡淡下平堤，塔影浸微澜。问秋坟何处，荒亭叶瘦，废碣苔斑。一片零钟碎梵，飘出旧禅关。杳杳松林外，添作荒寒。　须信竹根长卧，胜丹成远去，海上三山。只一抔香冢，占断小林峦。似家山水仙祠庙，有西湖为镜照华鬘。（自注：惠州有丰湖，一名西湖。朝云墓在湖侧，每岁清明，倾城士女酹酒罗拜焉）休肠断，玉妃烟雨，谪堕人间。”《苔痕·调寄疏影》云：“空庭雨积，渐染成浅黛，延缘墙隙。正是池塘，春草生时，难辨两般颜色。闲门深掩无人到，已满地翠烟如织。又暗添几缕蜗涎，袅袅篆文犹湿。　　应误回栏倚遍，怕行近滑了、穿花双屐。似淡还浓，漠漠平铺，只道绿槐阴密。黄昏小立成凄黯，却看到斜阳成碧。谢枝头吹落嫣红，一霎破伊岑寂。”温厚和婉，似是少年时作。

仁和谭仲修先生有《复堂词》一卷。余爱其和雅朗拔，刚柔赴节。录其《大观亭·调寄度江云》句云：“大江流日夜，空亭浪卷，千里起悲心。”题《甘剑侯江上春归图·调寄西河》句云：“倒吹泪点上征衣，知他江水淮水。”《蝶恋花》句云：“连理枝头侬与汝，千花百草从渠许。”《诉衷情》句云：“问伊来处（讯燕也），绿草天涯，有个人人。”

侯官陈伯初（书），叔伊之兄也。光绪庚子官直隶博野令。旋乞病归，卒年六十有八。有《木庵居士》诗。尝见其《即事一首》云：“杏子单衫未着身，堆盘杏子小匀匀。县城不认端阳节，药店分香亦可人。”闲逸，直造剑南意境。

秋气辽廓，世方屯难。木叶槭槭敲窗作风雨，篝灯危坐，搜讨近人佳句以排此百忧。“反汗难求哀痛诏，浇愁频举圣贤杯。”此施均父《咏史》诗也，咄咄竟如今日事。又《过张秋周文忠故宅》句：“奋髯朱子元，嫉恶如风利。世无威凤凰，刚虫抑其次。”如干莫出匣，弥觉犀利无前。黄公度《夜饮》句：“莫管阴晴圆缺事，尽欢三万六千回。”

是真能继太白之狂者。《夏剑丞秋感呈伯严吏部》句："已知吾道屈，真拟不观完。"得韩之�，如我所欲言。

先君子生平酷嗜书画，耄而不倦，藏弆元明国朝人遗册极多。尝于光绪乙酉岁闲游豫章市上，购得虞山蒙叟《西湖杂感诗横卷》一帧。卷首有吴梅村绘图，蒙叟录诗于后，缀以骈体序。自纪"庚寅夏五憩湖舫六日，得诗二十首。倩梅村祭酒作图以为缘起云云"。书法兼行草，圆润苍健。卷尾有癸卯三月龚之麓题七律一首。江左三家烟云陈迹萃于一帧，洵大观也。按：蒙叟此诗，语多忌讳，故有学集未经刊载。兹择哀怨而语意和平者录十首。诗云："版荡凄凉忍再闻，烟峦如赭水如焚。白沙堤下唐时草，鄂国坟边宋代云。树上黄鹂今作友，枝头杜宇昔为君。昆明劫后钟声在，依旧湖山报夕曛。"又："潋滟西湖水一方，吴根越角两茫茫。孤山鹤去花如雪，葛岭鹃啼月似霜。油壁轻车来北里，梨园小部奏西厢。百思纵有空王法，知是前尘也断肠。"又："杨柳桃花应劫灰，残鸥剩鸭触船回。鹰毛占断听莺树，马矢平填放鹤台。北岸奔腾潮又到，南枝零落鬼空哀。争怜柳市高楼上，银烛金盘博局开。"又："佛灯官烛古珠宫，二十年前两寓公。（自注：谓程孟阳、李长蘅）画笔空蒙山过雨，诗情澹荡水微风。断桥春早苔吹绿，灵隐秋深叶染红。白鹤即看城郭是，归来华表莫匆匆。"又："西泠云树六桥东，月姊曾闻下碧空。杨柳长条人绰约，桃花得句气玲珑。笔床砚匣芳华里，翠袖香车丽日中。今日一来方丈室，散花长侍净名翁。"又："方袍潇洒角巾偏，才上红楼又画船。修竹便娟调鹤地，春风蕴藉养花天。蝶过柳院迎丹粉，莺坐桃溪候管弦。不是承平好时节，湖山容易着神仙。"又："天地为笼信可哀，南屏旧隐谪仙才。余庐尚有孤花在，吊客徒闻独鹤回。渍酒青鞋搴缩草，题诗红袖拂苍苔。太平宰相曾招隐，矫首云霞海上来。”又：“建业余杭古帝丘，六朝南渡尽风流。白公妓可如安石，苏小坟应并莫愁。戎马南来皆故国，江山北望控神州。行都宫阙荒烟里，禾黍丛残似石头。”又：“冬青树老六陵秋，痛哭遗民抚白头。南渡衣冠非故国，西湖烟水是清流。早时朔漠翎弹怨，今日居庸宇唤休。苦恨嬉春杨铁史，故宫诗句咏红兜。”又：“罨画西湖面目非，峰峦侧堕水争飞。云庄历乱青荷老，月地倾颓金粟稀。莺断䴔䴖思旧树，鹤髡丹顶悔初衣。今愁古恨谁消得？只合懵腾放棹归。”

先君子又尝于太仓友人处，见手抄本梅村逸诗，题为《新蒲绿》，并附小引云：“三月十九日公祭于娄东之钟楼伟业敬赋二律，以当迎神送神之曲。”诗云：“白发禅僧到讲堂，衲衣锡杖拜先皇。半杯松叶长陵饭，一炷沉烟寝庙香。有恨山川空岁改，无情莺燕又春忙。欲知遗老伤心事，月下钟楼照万方。”又：“甲申龙去可悲哉，几度东风长绿苔。扰扰十年陵谷变，寥寥七日道场开。剖肝义士沉沧海，尝胆王孙葬劫灰。谁助老僧清夜哭，只应猿鹤与同哀。”按：此诗乃明季遗臣私祭崇祯帝纪事之作，惜轶其年载，不可考同祭者为何如人矣。盖其时天下初定，梅村家居恐触禁纲，故不敢存稿云。

丁未初秋，陈伯严吏部寄示近作《病起玩月园亭感赋》云：“羸骨瑳瑳夜吐鋩，起披月色转深廊。花丛络纬旋围座，石罅虾蟆欲撼床。近死肺肝犹郁勃，作痴魂梦尽荒唐。初知豹毅关轻重，仰睇青霄斗柄长。”《贻季词》云：“亲受佳人肺腑言，江回海断几朝昏。徘徊歧路天将厌，分付深杯道已尊。还着病魔供老悖，欲依星变讼烦冤。胸中水镜眉黄气，知有闲鸥日到门。”按：此二诗有为而作。

上元顾子朋广文（云）自号石公，尝为辽左金和圃将军（顺）幕客。不乐仕进，归隐钵山。酣饮无节，生平未尝至醉。每出行携酒一壶，小憩园林，辄引觞自酌。有趋而过者，则飞觥强酌之，士夫佣保弗择也。人往往畏而避去，世目为酒狂。丰颐修髯，身裁中人。不修边幅，衣冠敝坏。贫而好客，宴享必丰腆。性坦率，遇人的过失，指陈无所避。与郑苏龛廉访最相友善。光绪丙午春卒，年五十许。郑公自龙州归来已不及见，赋诗四章哭之。兹录二首云：“平生老纵酒，惟我能切谏。频年迹稍疏，念子不及乱。颇闻态如故，俗士望而惮。伤哉卒坐此，一醉涣其汗。钵山孤可哀，潭水深自恨。畸人去不返，题壁谁来看。”又：“持论绝不同，意气极相得。每见不能去，欢笑辄竟夕。西州门前路，尔我留行迹。相送至数里，独返犹恻恻。小桥分手处，驴背斜阳色。千秋万岁后，于此滞魂魄。为君诗常好，世论实不易。梦中还残锦，才尽空自惜。”陈伯严吏部亦有句云：“君有平生友，郑卿最缱绻。耳热广坐间，称君奖其短。”叙事精确，俱足以貌顾公之生平。

瑞安孙仲容比部（诒让），笃志林薮，不乐仕进，邃于经子二部及金石之学。著有《周礼正义》《周礼正要》《墨子间诂》《札迻古籀》诸书，为时所称。戊申五月病中风卒于里闬，年六十一。尝见其戊戌庚子旧题金石拓本二绝句。《焦山定陶鼎拓本》云：“陶陵祭器尚流传，大礼尊崇濮议前。丁傅剪除元后寿，宗彝零落二千年。”《吉日癸巳石刻》云：“昆仑西母事微茫，黄竹歌成已耄荒。不有骅骝千里足，只愁徐偃是真王。”典雅得比兴之旨，殊有手挥五弦目送飞鸿之妙。

三六桥太守（多），《晓游·调寄昭君怨》一阕云：“新霁落花春曙，骄马一鞭何处。缓辔踏芳洲，绕红楼。帘里有人如玉，帘外有人愁绿。相见正无因，卷帘颦。”风格逸丽，不减迦陵。

恪士自号觚斋，有《登园亭感赋》一律云：“一片伤心万柳丝，晚晴新绿上须眉。醉看残日悠悠下，坐听鸣蝉悄悄悲。花底炎凉俱有味，眼中陵谷更何思。从今记取苏龛句，忍泪看天到几时。”结语用海藏楼送春句。君诗抗精极思，语必造微。唐韩休有言，惟深也总众妙之门，君殆庶几焉。

富顺刘裴村比部，有《介白堂遗诗》二卷，近岁刊于蜀中。其诗多奇气，亦恒有锤幽凿险之作。然静穆之致，终流露于行间。录其《听崔仪臣谈黄山之胜》五律云：“三十六峰云，黄山天下闻。奇松与怪石，喜我得逢君。少日怀高鸟，何时断俗氛。未劳猿鹤怨，方寸有移文。”《白莲》七律云：“野风香远忽吹回，一片明湖净少苔。残月自和烟际堕，此花方称水中开。碧波瑟瑟情无限，玉珮珊珊望不来。姑射神人邈天末，乾坤可爱是清才。”其他如《峡门》云：“晴雨乱崖根，鱼龙抱日昏。晚泊汉阳云，残春浮大别。游子上长安。”（编者按：原书就五句，不知为何）又：“阅世摩孤剑，围书坐万山。至无愁可说，宜得醉相看。”诸句清深健丽，直与明七子抗行。

裴村五古意境高绝，有《杂诗》一首云：“漫漫香雪海，梅花千万枝。天上春独早，亦由正逢时。何来蜡梅花，托根暗相移。弄妍云霞地，拔迹水石湄。玉女灿明月，近玩天人姿。王母闪电眸，一笑杂嗔痴。神仙烟雾中，岂容俗物窥。非种忽锄去，园客惜其私。”诗意深邃，当以不求甚解解之。

裴村白莲诗“此花方称水中开”句固佳矣，然不如夏森先生所作一律更能超然物表。诗云：“世界偶然留色相，生涯毕竟托清波。明珰翠羽人曾识，碧汉红墙梦似过。残月照来裳佩冷，晓风坠后粉痕多。城南诗客频相问，惆怅朱颜易老何。”起联寄托遥深，写得身分极高，非寻常诗人所能道得。李拔可近辑林暾谷《晚翠轩遗诗》，编为二卷，且附以厥配沈孟雅夫人《崦楼诗词》合刋一帙。寸缣尺璧，搜讨无遗，其勤至矣。林诗多见道语。余爱其《即目与拔可七律》前半首云：“墙阴地下潴春潦，便被儿童唤作池。微雨复来时点缀，好风肯至亦涟漪。”《沪寓即事》句：“独谣负手谁能喻，百计安心或未贤。”《戊戌寄内》句云：“六月长安无一事，借人亭馆看西山。”如此才乃戕其年，至可悲慨。其诗或有病其涩者，余谓正如橄榄回甘，于此间弥见风味。霜天始肃，征途乍夷。余乘汽车《游京口甘露寺》得一律云：“问尔沧桑阅几回，依然楼阁势崔巍。连江细雨迷征雁，入画名山证劫灰。枕上浮名随梦去，路旁新冢逼人来。山僧煮水烧红叶，为话梅花次第开。”《次日归途又成有感一首》云：“眼底竟成今日事，是谁弹指现楼台。华灯霜重窥寒艳，锦瑟音沉定古哀。绵邈长空孤月在，微茫万劫寸心回。料应非梦非人世，清夜鸡声四野来。”袁彦伯语云：感不绝于予心。溯流风而独写，江山犹是。触绪兴哀，不禁有伊川为戎之慨。

沪上租界繁盛，为海内冠。然国权不张，外人持柄，亦莫此为甚。余身居其间，见闻较确。尝仿巴渝竹枝之讴，赋《沪渎感事诗》六章。综其故实，言皆可征，少写余怀焉尔。其一云："路别仙凡逝不回，更谁花外一徘徊。银河杳渺风帆渡，那许萧郎入梦来。"（上海黄浦滩旁有公园，严禁华人入内游览）其二云："江干何处立斜晖，碧草清阴与梦违。燕子不知巡警例，随风犹得自由飞。"（黄浦滩岸边草圃本中国官地，且未经升科者草圃中所设铁椅，曩时中西人均可小憩。久之渐禁华人之短衣者，又久之并禁长衣者。今则华人偶一涉足其地，辄遭巡捕之呵逐矣）其三云："同行游侣尽如花，席帽鞭丝意气夸。偷向绿阴残照里，银骢飞驾嫩黄车。"（租界马车违例辄罚锾，妓女为尤甚。比定新例，华人马车不得越过西人之前。西人马车则迟速可自由也。惟张园内马路，外人之车辙颇稀。游园士女至此，始得一试驰骋之乐）其四云："碧天露下悄无声，银电依微恰四更。惟惜空江好烟景，旧时明月照铜人。"（英人巴夏礼铜像矗立于黄浦滩江岸）其五云："浅草如茵拓地宽，蹴球竞马任盘桓。香车过处争回首，应许红妆侧面看。"（泥城桥外跑马场为各国人竞马赛球之地，亦禁华人入内。惟经此场外者，尚容平视耳）其六云："危楼大有沧桑意，占断斜阳脉脉红。流水孤村何处是，古槐驰道辨西东。"（租界外一带田园村落，转瞬间画栋连云，红墙夹道，尽化为西人住宅矣）

陈鹤柴《有闻韩亡追怀吴武壮公》一律云："风云长畏日车翻，往事填胸试一论。冉冉高牙箕子国，寥寥残泪信陵门。范文祈死元深识，乐毅陈书有罪言。辛苦一编虞氏易，（注：公邃于易学，治戎之暇，每据皋比与宾客讲论为乐）白头终见道根源。"（注：余尝见公病中家书。自言生平治心之学极坚苦，盖亦宗洛闽者也）武壮事迹，国史野乘咸语焉弗详。鹤柴为其乡人，知之真而言之晰，足补史乘之遗。

文芸阁学士有《云起轩遗词》一卷，其门人南陵徐积余观察（乃昌）为刊之。学士尝作自序一篇，论词多有特识。其言曰："词至南宋极盛，亦至南宋渐衰。其声多啴缓，其意多柔靡，其用字如有戒律。迈往之士，无所用心。沿及元明，而词遂亡。有清以来，曹珂雪、蒋鹿潭、成容若、张皋文皆斐然有作者之意。余于斯道，无能为役。志之所在，不尚苟同。三十年来涉猎百家，推较利病，论其得失，亦非扪籥而谈云云。"盖学士固以辛刘为矩矱者也。录其《秋雁庚子八月作·调寄忆旧游》云："怅霜飞榆塞，月冷枫江，（自注：武元衡诗"万里枫江莫问程"）万里凄清。无限凭高意，便数声长笛，难写深情。望极云罗缥渺，孤影几回惊。见龙虎台荒，凤凰楼迥，还感飘零。　　梳翎自来去，叹市朝易改，风雨多经。天远无消息，问谁裁尺帛，寄与青冥。遥想横汾箫鼓，兰菊尚芳馨。又日落天寒，平沙列幕边马鸣。"《新柳·调寄卜算子》云："雪意化春云，池水生新皱。一样眉痕两样描，月影初三瘦。　　莫到短长亭，未是愁时候。惆怅黄莺抵死催，春思浓如酒。"《蝶恋花》云："一片闲愁无处着，空里游丝，直任风飘泊。望断栏干天一角，夕阳那似春魂薄。　　青鸟无端传密约，玉印檀痕，莫负香香诺。王母桃花开又落，彩云梦远闲池阁。"可谓抗心希古，别具炉锤者矣。

余家藏明代名臣墨迹长卷数轴，国朝人题跋甚多，近复征题诗词，汇录如左。

一为于忠肃公（谦）书《景泰帝宴廷臣赋》。郑海藏先生题五古一首云："景泰能守国，太上竟得返。于谦不世功，戮之岂无赧。小人竞功名，朝事几覆反。怀才吁难全，翰墨空挂眼。”陈鹤柴布衣题五律一首云：“同此谋身拙，真成异代悲。桐庐有奇杰，（注：谓袁太常昶）今古两须眉。筹策中朝负，文章硕士师。西泠尝下拜，春晚荐蘩时。”李孟符水部题《满江红》词一阕云：“堕地金瓯问谁挽，羲晖再殷。含笑见高皇天上，无恙河山。北极朝廷终不改，南宫车驾竟生还。想和羹醉酒主恩深，清宴闲。　弓鸟恨，冤血斑。三百载，海桑寒。剩银钩心画，一卷流传。并世人才畴管乐，两都法物半云烟。祝金题玉躞好珍储，长寿年。”

一为卢山忠肃公（象升）备兵天雄时所《临王右军草书帖》。海藏题云：“南仲阻李纲，潜善害宗泽。伟哉杨廷麟，一疏褫奸魄。象升实文士，事急能死敌。草书摹逸少，所得亦劲特。”鹤柴题云：“斯人死燕冀，铜马哄中原。尚剩天雄草，能窥晋代源。儒生猿臂健，武略豹韬存。有鼎覆其悚，（注：谓杨嗣昌）空令世议繁。”孟符题《台城路》词云：“艰难戎马交驰际，危疆几人同保。血泪麻衣，冰霜铁甲，太息君亲未报。国殇草草。更同气荆花、满门忠孝。盾墨淋漓，笔花飞涌剑光啸。　堂堂裹尸授命。谤书盈御箧，谁证孤抱。遗像清高，英姿飒爽，肃拜曾瞻疏稿。（注：曩从朝邑阎君节仪部同年斋头，敬观公遗像并疏稿两通）江山文藻。羡鼎足三忠，两朝鸿宝，掩卷茫茫，漆嫠忧未了。”

一为瞿忠宣公（式耜）《书天崇朝事》。海藏题云：“明亡得何瞿，养士云有报。崎岖守桂林，事去卒无效。待死且赋诗，从容良弗挠。卷末不书名，默然尤可悼。”鹤柴题云：“寂寞天崇世，苍凉故纸传。低徊大珰狱，辛苦烈皇年。谏草销春梦，阳戈泣漏天。阽危遘同志，（注：谓张公同敞）岭水自潺湲。”孟符题《惜红衣》词云：“桂管颓云，虞渊返日，老臣心力。花木东皋，吴山梦幽碧。哀蝉髩影，争解识南冠羁客。凄寂。心恸鼎湖，断龙髯音息。　铜驼巷陌，寥落行宫，鹃声怨红藉。金舆不返，瘴国洱江北。留得几行缣素，都是劫灰经历。想风檐展卷，如见照人颜色。”

一为高忠实公（攀龙）《书卞氏二隐君传》。鹤题云：“解组甘长卧，家山守一丘。闲书招隐赋，得与故人游。龟策天难问，麟经道自悠。东林践危祸，止水见夷犹。”

丁未岁除，萑苻不靖，行旅视川泽为畏途。诵周彦升《阳澄湖棹歌》：“一夜乌篷滴沥声，数天湖面未开晴。不知船向横泾去，雨打北风君可行。”婉约摅情，犹见当时承平风物。

寿伯茀庶常（富）文章渊懿，学术笃宋儒家法。敦笃敬慎，与人交始终一致。贫居委巷，恒连日不爨，市蒸饼疗饥，泊然寡营如故也。庚子秋，联军入京师殉节。诗不多作，尝从友人处见其《春思》一律云：“东风又到凤城西，朔雪春冰半作泥。草趁晴光连御苑，水摇新浪过金堤。画船晓出笙箫竞，翠辇归来剑佩齐。正是升平好时节，娇花同发鸟争啼。”温婉得风人言之旨。又《酬吴彦复》句云：“浩劫华夷同苦毒，危时仕隐两艰难。”粹然儒者之言，能见其大，亦可见临难授命，固持之有素矣。君有子名橘涂。

祥符周昀叔都转（星誉），文章清丽。光绪初元官两广盐运使。有《东鸥草堂词》。诗稿无多皆近体，如皋冒氏为刊之。余最爱其《甲戌冬时柳州郊行》句：“沙草瘴云鸢跕跕，江枫残日马萧萧。”写蛮荒瘴域，便令人动文渊五溪之感，真才人之笔也。

谭复生断句：“灞桥两岸萧萧柳，曾听贞元乐府来。”偶一诵之，真觉对此茫茫，百端交集。

林暾谷貌俊而神清，绮年遘难，作诗喜为苦语。深造有得，意味隽永，真解个中之三昧，殊不似少年人作也。录其《无题》云："海上今年二月寒，出门何地有花看。思先清晓车轮转，意共黄昏烛本阑。世界愁风复愁雨，肝脾为苦亦为酸。东邻巧笑频相讶，倚柱哀吟故未宽。"《北行杂诗》云："道旁千万柳，能作几多春。明岁还如此，行人非去年。"《感秋》云："清晨负手行，蟋蟀鸣我门。因知秋气厉，感此悲流年。病夫日掩户，一月不窥园。颇闻梧桐树，飘叶聚其根。岁寒皆黄落，而汝胡为先。我将种长松，不与时推迁。小庭数盆花，青青亦堪怜。但觉凄清意，莫向西风前。"又《灵泽夫人庙》断句："韦昭吴史应书卒，不见春秋宋伯姬。"援引精确，良史之笔也。

丁未八月，南赣民有仇教之狱。西邻责言：大吏檄俞恪士观察往勘之。既葳事，恪士伤乱赋诗纪事。录其《峡江道中》句云："空隙又收斜照去，人间惟有百忧侵。"《寓斋夜坐》句云："一念可教沧海变，百年真到鬓毛斑。"《冬夜偶成》句云："夜久得坐理，水寒无动形。"《赣江晓发》诗云："荒滩有客夜推篷，江入群山一线通。向晓灯光斜月里，残年心事乱流中。将衰微觉悲欢异，无睡方知天地空。忽漫相逢有归雁，哀鸣无那五更风。"微言孤韵，抑扬其际，杜陵之变调也。

比岁以来，饱历艰危，颇主注重宗教以振浇俗之说。客冬东游过须磨，晤饮冰主人。临别赠余二律云："如此江山天不管，最难风雨子来前。暂乘健会酬诗债，颇惜多情误佛缘。（注：君常有出世志）划地北风和飒飒，出山泉水始涓涓。伯牙未老成连在，肯为佳人理绝弦。”“渡江急雨起劳歌，伫苦停辛意若何。（注：君诗“急雨渡春江，狂风入秋海。辛苦总为君，可怜君不解。”吾最赏之）惯看九州泥滑滑，绝怜余子舞傞傞。兹行倘有图南翼，稍纵将成已逝波。怀此惊心各鞭影，未须惆怅别离多。”盖择别即妄，成见即魔。此诗不第如清夜钟声觉人迷误，而拳拳相勗，既周且挚，益令人低徊不能已已也。

幽燕一时有两瘿公，皆南人羁旅者也。吴瘿公近以罗瘿公《绛都春词》见寄，题为《辛仿苏属题青衫捧研图》云：“帘深雾卷。正斗篆回香，瓶笙沸煖。唤起小魂，伫立单衣闲庭院。蜂嗔蝶怨游丝倦，怅坠羽流光轻换。镌春费句，吹花题叶，偎人新燕。　　应见。鹅溪薄染，试重展、依稀春星酒畔。柳外月迟，花底天宽，闻歌惯，汀苹归马心怀远。怕负了红芳畹晚。忍抛零落筝尘，风灯别馆。”涵咏风骚，都成馨逸。新声秀句，绝肖小长芦钓师。

先君子敏而工文，笃于至性。尝侍母疾，三年不出户，药饵必亲尝，疾竟瘥。乡里称其孝，年十七补博士弟子员。嗜吟咏，喜交游。与金陵王雨岚、江阴蒋鹿潭（春霖）、宝山蒋剑人（敦复）、海盐李壬叔（善兰）为友，以古学相磋礲。同治初年服官江西，戊辰授都昌令。邑有金余二氏，巨族也，累世械斗成仇雠，自乾嘉迄今不止。先君躬诣其里，集其父老，导之以仁让，怵之以刑章。抚其创痍，惩其桀骜。二氏感服，厥患竟除。壬申摄进贤令，明年移知南丰。南丰岩邑，地接闽疆。发匪奔突蹂躏者十年，原野凋残，文学颓废。先君既下车，煦妪休息，劝农课士，三年而流亡毕归。余粮栖亩，士竞修学，四境弦诵之声相闻，邑人始欣欣知有升平之乐。复修葺地垣以防水潦，建义仓积谷以备灾祲，属遘光绪丁丑春荒，民无乏食。戊寅摄赣令，辛巳复旋南丰任。所至勤于吏职，视官事如家事，故在官民乐。既去人怀，癸未以将届悬车之岁，请致仕，得赋遂初。爱赣州山水之奇秀，遂僦居焉。与其士夫游处十余年，视同乡里。己亥春浩然怀归，卜居泰州。七月以微疴谢世，年八十。先君性和厚，有局量，喜奖善而宥小过，与人交夷险一致。中更丧乱，历艰患。晚年悟释氏真如之旨，一切纷华胥无障碍。故耄齿而神明不衰，视听聪强，得养生之道。好古耽静，喜收罗名书法画以之自娱。著有《种石轩诗》，未梓。录数首于此。《余杭道中》云："遥望临安树影微，半江凉雨雁初飞。青蘋摵摵摧征棹，红蓼垂垂点客衣。壮志不随秋草歇，闲愁空拥暮潮归。婆留霸业销沉尽，湖上而今剩落晖。"《庚申初夏避乱泊舟滆滨》云："楝花风过雨如烟，西滆湖头浪拍天。乱后文章皆涕泪，清时鸡犬亦神仙。每因避地思瞒姓，已惯浮家学刺船。谁说武陵在人世，桃源终竟隔尘缘。"《丁卯八月十日龙津舟中作》云："龙津渡头行客稀，西风淅淅吹我衣。闲鸥一群没远水，秋蝉几个吟夕晖。小舟欹卧睡难熟，破帆斜挂行如飞。归期火速趁秋节，鄱湖遥望空霏微。"《己巳冬晚舟泊星渚》云："去年舟傍庐山宿，今日庐山又眼前。半夜霜风沉戍鼓，数家渔火冱塞烟。孤灯伴我如相语，缺月窥人也自怜。咫尺山灵招手问，宫亭湖上住年年。"《庚午上元日风雨交作独坐见山草堂偶书》云："猛雨狂飙镇日吹，先生一卷独支颐。喜披瑞叶瓶中草，（自注：初冬瓶中小草忽发三叶，经寒不凋）乱插寒梅槛外枝。俯仰尽堪容抱膝，啸歌宁复事攒眉。推窗问讯南山色，冷淡相看态自宜。”《秦淮云》：“秦淮疏柳剩丝丝，金粉南朝又一时。潮水碧涵妆阁冷，夕阳红上钓船迟。笺翻燕子新声艳，扇画桃花旧梦痴。往事风流那堪问，卌年前共客题诗。”《阳羡道中》云：“尽日舟行罨画溪，铜官山色晚烟迷。孝侯祠下迎神罢，一树昏鸦向客啼。”《癸酉七月自钟陵移官琴城阻风鄱湖牛栏湾口号》云：“风语云光日夕殊，一双白鹭下青芜。分明坐我倪迂画，平远山围清浅湖。”《河桥晚泊》云：“沙岸湿云低晚烟，估帆如荠争泊船。橹声咿哑划秋水，斜月半窗人未眠。”

乌程施均父孝廉（补华）通人也，多闻而善咏，与德清戴子高布衣（望）齐名。袁太常论诗有“戴施”之目。初左文襄平浙，闻其名延为幕宾。从征关陇，每读其文檄辄嘉叹，游宴赓咏必与偕。先生性简傲，好极言。在新疆时尝忤文襄，几不免祸。张勤果公（曜）适居军中，为逊辞解之。先生遂依张公以居。迨张公开府山左，先生亦以观察游宦济南，仍为幕僚。未几卒，张公归其丧，年未六十也。著有《泽雅堂诗》六（巷）〔卷〕，乃咸同之作。袁太常继为刊诗一卷，则陇上山左之作也。其诗以五古为最。述事能断，宏深肃穆，得序传之长。癸酉三月戴子高客死于金陵，先生赋诗十首哭之。兹录二首云：“佳耦招不来，怨耦推不去。勃豀一室中，久绝生人趣。孔门三出妻，古义今不据。决绝弃家乡，隐忍对亲故。凄凄苦羁旅，恻恻感霜露。千里奉蒸尝，先灵傥来赴。孑然尊俎间，形影惨相顾。不知此身后，谁欤主丘墓。岂无小星诗，衾裯歌在御。旁生与侧挺，亦足慰迟暮。吁嗟龙宫方，独不传疗妒。寂寞还寂寞，终岁煎百虑。三百六十夜，夜夜见窗曙。宿疾旋见侵，奇药不可遇。文章为子孙，漫云无嗣惧。”又：

“醯鸡舞蹁跹，所见不离瓮。学人识进退，有若观火洞。读书已违俗，避试更疑众。裋褐走风尘，往往遭嘲弄。开阁上相尊，接席经生重。六年任校雠，颇获量才用。平生忧患余，期免饥与冻。托疾养迂愚，临文写哀痛。雄雷震大厦，惊飙折隆栋。四海哭曾侯，无似斯人恸。呕血事凄凉，堤决不可壅。庸医杂投药，寒热复交哄。考妣泣馁魂，亲旧聚羁梦。垂帘遍作书，死日虞倥偬。临绝手一编，琊琊尚吟讽。”又云：“赋诗惊长老，字字离骚义。”子高经学家，其诗余未之见，其逸事世亦罕详。录此零章碎句，可作传记读也。施君又有《皋园》七律断句云：“石间修竹斜抽笋，墙外春流细入池。”亦近剑南。后嗣不振，遗文多弗传。均父均当读韵

杭州潘凤洲舍人（鸿）读予诗话，知予欲觅戴子高诗，乃手录戴诗数篇见寄，并述其遗事曰：“鸿曩偕戴君避乱闽峤，知其言行最详。子高为人清标拔俗，有晋人风概。喜谈明季逸闻，尝从陈硕甫征君（奂）、宋于庭大令（翔凤）受学。精思强记，洞究经籍。著有《论语注》二十卷、《证文》四卷、《颜氏学记》十卷。名流为次第刊之。既没，赵撝叔大令（之谦）辑其古文诗篇刊于江西，曰《谪麟堂集》。施均父为撰墓表附载集中。兹录其《寓意》三首云：“王母飘翩下翠旄，云中仙乐响嗷嘈。自从海上琴音度，不信人间法曲高。鄰女窥墙私望宋，侍儿隔苑巧偷桃。何如鹤背吹笙客，长与缑山玉女翱。”又：“远山含黛梦难分，十二连峰隔雨云。破镜终随鸾鹤舞，余香还惜麝兰焚。龙堂贝宇非前度，玉简金书蠹旧文。传道汉皋神女遇，如何贻佩未曾闻。”又：“月冷兰房花影移，银缸明灭梦迷离。阶前啼鴂惊魂候，帘外游蜂蔽昼时。怨女伤春频写泪，微波有意好通词。剪刀风急栏

干外，翠袖凝寒诉所思。”秀句曼辞，叙事隐约。均父谓其得楚骚遗义，可谓知言。子高卒年三十七

施均父乱后还湖州，有《城南晚游》五古一首云：“无雨风亦好，泠然吹我衣。晚游南陌上，渐觉炎威微。油油禾黍长，拂拂蚱蜢飞。时见荷锄人，落日村中归。积潦不为灾，天意怜民饥。赉此一月旱，酿彼千畦肥。我侪纵病热，敢议云师非。新月映溪出，水白烟霏霏。长歌返城阙，草路行客稀。”淡逸似韦王。又《七月十五夜西湖上作》云：“空外积荷气，烟中闻橹声。”十字清绝，亦近孟襄阳。

戊申早春时，陈伯严吏部得诗三首，录以寄示。《雪夜书感》云：“初岁光阴梅柳同，亭亭灯畔雪兼风。九霄飞影能摇夜，万窍寒声已怒空。谁听马肝终不食，尚余鸡肋欲论功。分明桑下曾三宿，记向闲谣断梦中。”《同悟阳道长赴西山展墓作》云：“云峰片片散幢旛，乱眼陂陀罥草痕。怒出蜂声迎野服，暗吹松气护晴尊。遗言尽负成今日，仙客能来共断魂。照水拂花头更白，提携万影立黄昏。”《东城驰道晚眺遣怀》云：“丛绿稠红莽四围，披披鞭影乱斜晖。楼头一雁终能瞑，天外双鹰亦倦飞。吹叶可知风振海，醉花新有月生衣。道人心物同无竞，闲睨横笳缓辔归。”三诗语语有含蓄，无机心者。外物举莫能撄宁滑和，故能行歌自适，声若金石也。

彊邨先生戊申侨居吴门。有《八声甘州·和柳耆卿韵一阕》云：“殢春残病酒近黄昏，东风冷于秋。正隔纱烟窈，飘镫雨急，相望红楼。堕絮飞花不了，好计一年休。江水知人意，迎泪西流。　只有高台歌舞，恁半妆易试，急拍难收。觑雕梁如客，惊燕为谁留。涨回波、天涯尘满，怕未堪重上木兰舟。帘前路，变青芜色，怨引回眸。”思深辞婉，上挹

风骚。无量身世之感，自相喻于无言也。

丁未春尽一炬，余诗稿皆化劫灰。闲中偶忆零章断句，随笔记录，久之得二十许联，汇志于此。“空劫以前何景象，意根起处便蹉跎。”“梦里三生刚半面，人间一念即千秋。”“到眼山河开世界，无情天地建虚空。”“灯前尘劫都无相，梦里人天各不知。”“夜寒脉脉孤愁出，春梦蒙蒙一雨分。”“入镜何方重觅影，在山无寸不生云。”“无边春梦从天下，不尽相思化泪多。”“蜡泪已灰烟不灭，冰心将泮水方生。”“层波涓滴倾沧海，新月婵娟媚九州。”“愤鞭情器争千劫，（内典：凡有知觉物曰情世界，无知觉物曰器世界）爱酿人天现万花。”“一灯兼贮诸天感，小梦能消万劫尘。”“梦里清歌传赖识，意中明月转情珠。”“流尘镜里分朝暮，幽梦花间有废兴。”“流水有情迟夕照，杨花无语送春山。”“洗尽浮华终见骨，游行风雨不知秋。”“万木知风怜尔晚，一江吟浪赋余怀。”“多情流水成知己，入梦青山想见君。”“因风晓梦随春去，映水杨花隔世来。”“千古兴亡趋短夜，一天风雨出人间。”“无情争得同天地，入梦何妨共死生。”“望断海山红一线，天涯无处不斜阳。”“春草不知人世意，野坟无际一般青。”“有情只算蒙蒙雨，共此河山泪暗倾。”“流水斜阳相背去，不知新月又趑西。”

番禺韩树园布衣（文举）一字孔庵，抱质怀文，笃守考槃之志。中岁以后，益深究哲理。诗不多作，而微言隽句时奔集于行间，殊可玩味。近有《赠潘若海二绝句》云：“疑贤恶意复疑君，了悟无端集此身。增减年华裁廿一，髩丝今已饱风尘。”又：“无可奈何安若命，吉凶不语费探天。自从风雨迷离后，薄著缁尘已十年。”

枇杷词最难为，前人作者亦罕。以难典雅恰如分际也。彊邨先生近侨寓吴门，以《红林檎近》一阕赋之云：“分笼樱初罢，缀枝铃乍圆。素手荐新雨，霏香乱瑛盘。东园西园载酒，坐想露嚼风餐。旧约曾骤雕鞍，花里闭门看。　缄蜡书未达，惜别味余酸。相如赋懒，渴怀愁绝眉山。剩天涯春老，堂阴翠晚，梦魂还泊湖上船。”吐辞蕴藉，脍炙词流。洞庭（山名在太湖中）嘉果艳东南，寓公谱以新词，堪增销夏韵事已。

宋燕生在山左得余诗话，匆遽阅一周，复书误有遗谈之惜。（燕生与复生乃至友，故云云）迨发函后复取细读，见录有题《画鹰》绝句一首，因成此诗见寄云：“分明已录《画鹰》篇，岂有钟嵘失此贤。浩气丹心曲平甫，一生惟得一诗传。”（自注：曲平甫与岳鹏举志遇同而皆工词章，宋末高士周公谨著《齐东野语》特为立传，录其遗诗绝句一首）虽有微辞，适成佳构。播之来叶，亦雅谈也。

侯官林肖蛉大令（翽桢），文忠公曾孙也。诗学宋人，以清峭胜。《渡河》云：“未惊双鬓抵风沙，稍惜长流送岁华。河脉上通天一气，泽民自昔海为家。孤城画里曾相识，微命涛头更自嗟。谁辨鱼龙千里色，满空愁日又寒笳。”《渔矶夜坐》云：“顾影真成一尺浑，弥天秋感坐孤墩。四更落月回光赭，横野来风积气温。挂眼渐怜渔具好，屏居微觉道人尊。明朝更向秋陵去，唤起姜夔与细论。”

苏城古迹，乱后惟余虎丘堪供游赏，然亦只荒台古寺点缀其间耳。或谓岩间兰若，国朝名人手书佛经犹有存者。林肖蛉《虎丘晚眺》绝句云：“乱鸦穿塔戏斜阳，列竹成阴界水光。独立荒台人不识，山花和雪作天香。”语语新颖弥有禅意。

咸丰时吴中词人有二蒋，皆先君子旧友也。一为江阴蒋鹿潭，一为宝山蒋剑人。

鹿潭倚声，清迈冠时，若有天授。遭逢丧乱，流离江北，同治初年乱定遽卒。著有《水云楼词》。录其《癸丑十一月二十七日闻贼退官军收扬州·调寄扬州慢》云："野幕巢乌，旗门噪鹊，谯楼吹断笳声。过沧桑一霎，又旧日芜城。怕双燕归来恨晚，斜阳颓阁，不忍重登。但红桥风雨，梅华开落空营。　　劫灰到处，便遗民见惯都惊。问障扇遮尘，围棋赌墅，可奈苍生。月黑流萤何处，西风黯鬼火星星。更伤心南望，隔江无限峰青。"《浪淘沙》云："云气压虚阑，青失遥山。雨丝风片一番番。上巳清明都过了，只是春寒。　　华发已无端，何况华残，飞来胡蝶又成团。明日朱楼人睡起，莫卷帘看。"又《东风第一枝·咏春雪》断句云："剩几分残粉楼台，好趁夕阳钩取。"《柳梢青》句云："一片春愁，渐吹渐起，却似春云。"《鹧鸪天》句云："明朝花落归鸿尽，细雨春寒闭小楼。"《虞美人》句云："病来身似瘦梧桐，觉道一枝一叶怕秋风。"明远芜城之赋，子山江南之哀，千祀而下，此堪接席已。

剑人少同俊才，潦倒不遇，忿而去为僧。某学使来试吴中，闻其名，迫使返初服，举茂才。咸丰季年遨游海外，归卒。著有《芬陀利室词》。《秋柳用清真韵·调寄兰陵王》云："暮烟直，凄断湖桥瘦碧。阳关曲前度送人，折取香绵赠行色。芳萍寄水国，谁识莺花故客。秋千畔寒食旧游，韦杜城南去天尺。　　佳期杳无迹。只藕外停船，鸥际移席。音书珍重安眠食。看玉勒人去，画楼天远。长亭芳草接败驿，隔云树江北。　　心恻泪频积。怨絮影飘零，长恁孤寂。腰支有恨愁无极，奈万里征戍，一声哀笛。西风残露，尽化作恨泪滴。”《阮郎归》云：“玉骢人去画楼西，天涯芳草低。落花情愿作香泥，但随郎马蹄。　　新燕语，旧莺啼，小园胡蝶飞。春风昨夜解罗帏，今朝裙带吹。”侧艳处颇似汤惠休，亦奇士也。

从侄幼卿，名祖年，勤勤向学，游于江西不见数年矣。近以诗篇见寄，清健可喜。特录存之。《重遇杨昀谷法部赋赠》云：“入洛杨夫子，重逢道益尊。冥怀追往哲，孤诣奠群喧。匡蠡传兹派，风骚导厥源。微云河汉语，千古费评论。”粤东辛仿苏部郎，自号芋庵。赋性闲放自喜，爱游名山大川。善鉴别古画，嗜吟咏。今秋过沪归粤，余绘杨柳岸晓风残月团扇赠行。君赋一律见赠云：“西游赵李日经过，每听吴歈唤奈何。沧海横流期鼓楫，阳关凄调莫高歌。区分幅裂凭谁理，气短心长肯自磨。将上河梁忽枨触，柳丝和泪绾秋多。”风调凄婉，在渔洋、梅村之间。

严几道先生有《哭林暾谷京卿》五言排律三十二韵，乃戊戌九月之作。曩闻人传诵，而语焉不详。兹从先生乞得原稿，录存于此。诗云：“相见及长别，都来几昼晢。池荷清逭暑，丛桂远招魂。（自注：余于戊戌六月始识晚翠而其八月难作）投分欣倾盖，湛冤惨覆盆。不成扶奡弱，直是构恩怨。忆昨皇临极，殷忧国命屯。侧身思辅弼，痛哭为黎元。大业方鸿造，奇才各骏奔。明堂收杞梓，列辟贡玙璠。岂谓资群策，翻成罪莠言。衅诚基近习，祸已及亲尊。惝怳移宫狱，呜呼养士恩。人情看翕訿，天意与偏反。夫子南州产，当时士论存。一枝翘国秀，三峡倒词源。荐剡能为鹗，雄图欲化鹍。杨（叔峤）谭（复生）同御席，江（建霞）郑（大夷）尽华轩。卿月辉东壁，郎星列井垣。英奇相搘拄，契合互攀援。重译风皆耸，中兴势已吞。忽闻啼晚鸩，容易刈芳荪。古有身临穴，今无市举幡。血应漂地轴，精定叫天阍。犹有深闺妇，来从积德门。抚弦哀寡鹄，分镜泣孤鸳。加剑悲牵犬，争权遇偾豚。空闻矜庶狱，不得见传爰。投畀宁无日，群昏自不论。浮休齐得丧，忧患塞乾坤。上帝高难问，中情久弗谖。诗篇同乘机，异代得根原。莫更秦头责，无将朕舌扪。横流还处处，吾合老丘樊。”

余尝闻人诵易实甫《游普陀山诗》："海是空王泪，云为织女槎。”“三代以前无贝叶，六经而外有芙蓉。（释典有《莲华经》。离骚注：芙蓉一名莲华）龙来拜佛成童子，客到游山变女人。”诸语叹为蕴含万有，超妙极矣。然犹以名士谈禅，未空色相，不无少憾。及日昨寄禅上人来沪出示近稿，读其《同游普陀诗》云：“到此弥知佛理深，普门日夜演潮音。莲为大士出尘相，海是空王度世心。今古沧桑从变幻，鱼龙多少任浮沉。喜游华藏庄严刹，吐我生平浩荡襟。”则叹其聿浚道源，得未曾有，不仅禅门本色不染一尘也。

顷于友人处见俞恪士观察近作《城头望残阳西没感赋一律》云：“为愿残阳堕地迟，望中灯火总支离。群山偃蹇都能隐，双雁回翔何所悲。一暝欲收江海去，回头如接混茫时。篱边剩有微光在，珍重秋心好自持。”忧深思远，工部之遗。又《郁孤台晚眺》句：“人前恻恻无高论，江上悠悠入晚晴。”亦佳。恪士又有《游丫山》五古云：“云拥丫山尖，双髻不盈把。影落烟镜中，晴光助研姹。入山恐不深，此影讵能舍。空蒙无远近，色相天所假。石骨敛春容，怒立拒奔马。披霜万叶黄，背日一峰赭。入寺不知门，雾湿钟磬哑。梯树引泉根，泠泠堕檐瓦。蹑足出丛薄，豁然露平野。残阳淡淡收，飞鸟悠悠下。中有万古情，含悲不能写。束身入世程，此意俟来者。”秀逸处颇似柳州。

潘凤洲舍人（鸿）一字仪父，俞曲园先生高弟也。通今文经说，工词章。壮岁尝随使欧西，傲岸不谐俗。既老，隐居食贫，皎然不滓。著有《萃堂乐府》。余不识君未之见，惟见谭复堂《箧中词》所录数首。余最爱其《八月三十夜江舟玩月·调寄月华清》一阕云：“刀唱金镮，钩悬璃玦，红窗帘卷愁凭。桂影婆娑，记得晚来妆靓。甚玉阶兔窃霓裳，便碧海蟾孤冰镜。吹暝，正凉风飘树，满江烟凝。　　脉脉相看不语，有宛转肠轮，夕波同证。过了圆时，灭烛那堪重赠。算梦魂盼到佳期，怕此后阴晴莫（作平）定。空剩，者双蛾瘦减，伤秋多病。”枯题易窘人步骤，作者乃能如此空灵婉妙，信是才人之词。

吾友丁叔雅征君（惠康）一字惺庵，丰顺禹生中丞第三子也。中丞以清德遗子孙，家富有藏书，而啬于资产。君为庶出，幼而耽学，风神散朗，襟期高亮。二十许乃游京师，所交皆一时贤俊，相与讲求新学。己亥岁暮客沪，废立之议起，沪渎司电经莲山太守抗疏谏争。君实左右其事，遂见恶于当路。君翛然物外，畅然自足。癸卯某公以经济特科荐，不赴。迨岑西林尚书督粤，延君入幕，主持兴学事。赴日本考查学校既归，明年以持论不合辞去。君虽粤人，不乐粤中风土。自是恒羁旅都门沪渎，志不肯事豪贵与时俯仰。竟以贫病于宣统元年四月晦日卒于都门客邸，年四十有二。平生负文学政事才而竟不遇，沦踬以死，伤哉。君善诗，沉着之中时见风韵；又工尺牍，温雅似六朝人。交友尚博爱。吐辞蕴藉，与人酬对，终日无俗言。兹录君诗数首，世之览者于此可谂君之行谊焉。《丁未南旋怅然有作》云："过客光阴取次销，遂初无计老渔樵。远游税驾成羁旅，上界清都迥寂寥。百辈词流花事尽，十年哀乐梦痕遥。黑头有愧梁江总，空令还家对海潮。"《六和塔观潮步归成吟》云："神王吾生得几回，奔腾万马蹩江开。是何意态闻噫气，叱咤风云响怒雷。射弩三千犹昨日，观涛七发可无才。独怜垂老天边客，踯躅江头首重回。"《秋坰试马路出东华小酌惺忪经行上馆怅然有作》云："惨绿年华瑟瑟秋，薰香傅粉护衣篝。驰思怅望经年别，入梦迷离殢旧游。天壤王郎徒有恨，南朝帝子讵无愁。寻常踏地都生忆，爱好怜才不自由。"君家居揭阳，少与曾刚父参议齐名。没后，曾君经纪其丧，还葬于粤。遗稿多散逸不传。

叔雅没后，知交多挽以诗述其轶事汇录之。顺德何翙高外部（藻翔）诗云："坐脱僧伽月半宵，单衾孤馆尽萧条。（自注：君隐几坐化，夜二更罗瘿公促余至始易箦蒙半衾焉）一寒遂死陈无己，（自注：君冬雪不裘不炉，曾刚庵规之曰死亦何必学陈后山。不听卒以此致病）自序颇同刘孝标。（自注：君郁郁于其室飘荡江湖十载）朱噣羁魂终雨绝，绛云旧录半烟消。（自注：君家藏宋元版书多散佚）海王村亦西州路，碎器何心问董窑。"（自注：君喜蓄青花瓷今无人谈矣）又："南国朱鸾处士多，百年风雅数潘（孺初）罗（雪谷）。应知别有伤心事，可是不求闻达科。莨菪花针悲目幻，木瓜瓢子问头陀。涅槃我已输灵运，遗种阎浮唤奈何。"（自注：余戏演阎浮种民之说，君深信其然且援证甚博）宋燕生诗云："尘箧犹存正气篇，（自注：君曾于光绪己亥创立正气会，为序一篇提倡忠义语极激昂）东林气类散如烟。相思江海常千里，自别蓬壶又七年。（自注：庚子别君后至癸卯复遇君于日本，后遂不复得见）荆国画龙纷满壁，令威化鹤忽遥天。芬芳悱恻留魂魄，几卷遗诗岭外传。”陈鹤柴诗云：“戊己天将坠，尘嚣羿彀多。奋心起颓日，高睨狎层波。孤尚事栖遁，佯狂时醉歌。看朱漫成碧，醒眼望山河。”又：“与世亦多否，能羁讫未归。无家寒食客，有梦故园扉。物外憺生死，尘中荧是非。抱琴终寂寂，（自注：君贫居京师日，犹以重金购一古琴。尝赋“寓斋鼓琴，诗有元赏。谅非昔无，闷贵自今”之句）辽鹤任长饥。”

吴挚父先生诗一卷，自谓学山谷者。余最爱其《题吴兰石画兰》五古起语云：“尝闻太白言，为草当作兰。作兰复何好，有香能远闻。”笔劲气歛，写兰之神四语已探骊珠，余皆鳞爪矣。《七律依韵答蕊甫兄》云：“绕树看花风送雨，褰裳投岸浪吞天。”《和许涑文观察拟诸将》云：“三边列障通青海，九市华筵舞白题。”秀逸沉雄，各极其致。挚父先生壬寅游日本，有《谢武田笃初赠日本刀》七古中一段云：“天地四方多贼奸，猰貐凿齿连为群。有备孰敢躞吾藩，利器入手胆轮囷。岂惟示戒卫不然，逝将持此酬恩冤。周行江海清波澜。”（编者按：此处只七句）直抒胸臆，无所挠屈。登坛专对，如见其人。《因忆宝竹坡侍郎古剑篇》中有句云：“血痕斑剥凝红星，当筵一掠西风腥。寒光扑面灯不明，满堂恍惚蛟龙鸣。旁观变色不敢近，绕身历乱银涛生。”又结语云：“噫，吾生岂无不平事。几度摩挲未敢试，穷愁短尽书生气。”豪宕负奇气，乃宝公少作。与吴诗亦异曲同工者。

范肯堂先生遗诗曰《范伯子集》，都十九卷。其诗有得于小雅，能奄有宋诸大家之胜。盘空硬语，为其特长。兹录五律《送姚叔节北上二首》云："宵来一尺雪，慷慨泥君行。便复遵吾约，焉能送此情。长吟教事懒，薄霁使眠惊。叠此艰难意，啼呼梦弟兄。"又："放手吾何吝，常为隔岁叹。知言真不易，即事况多难。重以文章好，真当骨肉看。北方无此酒，往矣不胜寒。"《七律读王贡两龚鲍传而叹》云："汉家遂少山林逸，不者穷愁未得之。四皓荒唐无此物，两龚傲睨欲何为。游于世上真无奈，问我胸中亦不奇。要觅君平一帘地，百钱谁向汝稽疑。"《题娄贤妃所书屏翰二字》（注：江西藩署故宁王府也字在门楣）云："娄妃不与宁王逝，大字辉辉在戟门。想见扶携宫婢日，暗思采掇圣人言。于今朱氏无炊火，何处青天着墨痕。女德万年看不厌，抚膺百感泪浑浑。"（以上二诗庚子秋作）《七绝感愤》云："罗者不知有寥廓，应从薮泽视鹪鹏。如何故作痴人梦，捕兔而今向月明。"《偶书季布传后》云："曹丘仍使布名驰，端木犹能誉圣师。一自巢由洗耳去，人生何处不相资。"断句五言云："便将巢作姓，不问舜何年。"七言云："欲倾东海斟臣酒，怕有西风拂帝弦。譬以等闲铁如意，顿教椎碎玉交枝。皇古至今哀痛日，寻常互市往来船。"庚子王室如毁，多以诗篇寄其孤愤。每一吟讽，如见其人。其继配桐城姚蕴素夫人（倚云）乃石甫廉访孙女，善诗词，能文章，有林下风。著有《蕴素轩集》。五言句云："风屯汉阳树，月满武昌楼。"摛辞雄杰，克绳组武。又《午寐一绝》云："半掩虚窗一缕烟，绿蕉庭院欲秋天。香凝蕙帐成幽梦，啼鸟惊回亦自怜。"江湘间多传诵之。

张季直先生近以旧作二律为余书扇，爰录于此。《奉送新宁督部入朝》云："戊己堂堂两奏传，勋名况自中兴年。主恩新赐黄银美，时论终归赤舄贤。岂有皋夔容老退，应无牛李到公前。锋车江上来还日，尧日辉辉正满天。"新宁能决大疑，摅谠论，诚为人所难能。此诗能曲曲传之，尤见杜陵忠爱。又一诗云："万柳参差拂晓天，东风吹雨草堂前。辞家有日翻如客，却病无方强学禅。人事但成眉际茧，佛香初觉鼻端烟。不须更苦旁人问，寂寂司空拜衮年。"是作寓意深邃，知其事实者自知之，固不必以言传也。

朱曼君孝廉，惊才照代，太白之流。遗草曰《桂之华轩诗》。五古五律，萧寥之中，咸具胜韵。七律典重，微患才多。兹录《朝鲜柳中使小园听土人杂歌》七古一首。辞采妍妙，弥近元白。诗云："歌声未作先打鼓，十声百声不可数。一人发响数人追，一人中间沐猴舞。时连复断或大笑，应是歌间带嘲语。小亭四月花飘摇，垂墙拂地千柳条。借问译者顷何唱，但云啁哳同讴谣。岂知中有唐诗曲，散入蛮荒化歌哭。龟年幡绰尔何人，漫对空弦叹幽独。众中邱生（履平）尤好古，忽闻此言喜欲舞。但觉黄河眼底流，如聆剑阁宵中雨。白鸟檐前三五飞，野人歌罢醉还归。座中听曲成萧瑟，歌者心中无是非。"朱君没时，年甫四十。其姬赵氏捃拾遗稿归，今张季直殿撰为刋于通州。

王聘三观察（乃征），四川人。以翰林起家，官御史，著直声，今为湖南岳常澧道。近于友人处见其《落叶七律四首》云："秋撼三山奈别何，流光激箭下庭柯。金仙掌畔荒荒影，玉女池边瑟瑟波。此日韶华随水逝，旧时庭院得春多。娇姿一种芳菲色，不信冰霜意有颇。"又："亭亭珠树植名园，黄蝶西风又几番。浓翠自迎朝旭彩，清钟忽堕晓霜痕。一庭衰草争怜影，百尺寒枝不庇根。吹到师涓商调急，玉阶凄怨向谁论。”又：“自拂惊尘判玉条，雪埋冰冱几经朝。歌翻独漉伤泥浊，曲写哀蝉感翠凋。铜辇再过秋似梦，碧沟一曲怨难销。白杨路断鹃声急，谁向荒郊慰寂寥。”又：“依旧空庭碧鲜滋，凄清日色冷燕支。重来金谷飘烟地，又到银瓶合冻时。南雁叫群千里断，夜乌啼梦一秋悲。长空愿止回风舞，为惜飘零最后枝。”其言婉而挚，沉而姚，哀音激楚，有类变雅，盖咏庚子事也。

固始秦又衡观察（树声），一字晦鸣。由水曹郎出守滇之曲靖府，今擢迤南道。善骈文歌诗。有《和沤尹枉赠五古》云：“三虫告天归，乱笑飞廋语。吾君太行猱，毕数在雕虎。肝肾日沦剥，蒜发擢春缕。夜气何凄凄，银釭欲终古。”此丙申岁都门作，造说奇诡，昌谷嗣音也。

昨过友人旅邸，见有蜀中赵尧生侍御（熙）自书《峨眉山行杂诗》数首。《古寺》云：“野水数株树，寺门相对闲。断碑无岁月，古镇集峰峦。僧计存蔬圃，缫声响佛坛。晚风吹落叶，邻叟话天寒。”《大坪》云：“天外一峰开，金银晃法台。崖经大斧劈，云涌怒涛来。秋尽花犹发，山青玉作胎。洪荒留海色，左股折蓬莱。”《峨眉绝顶》云：“开辟夜不尽，苍苍华藏秋。中天一明月，万古此高楼。呼吸通星界，华夷判地球。雪山五万里，栏外是神州。”《雨夜》云：“江船听夜雨，清味此心存。况复临萧寺，能无近酒尊。一官无妙辙，万事爱山村。待梦和云卧，秋心自觉温。”闻侍御专工五律，矩矱唐贤。此作旷逸雄沉，尤与戴叔伦、马虞臣诸家为近。又有句云：“水净真成玉，花红略似钱。”写蜀中风物亦佳。

中峰诗："觉花含五色，灵草照春阳。"余每叹为得未曾有。近见夏森先生有"头白须弥雪，心摇踯躅花"之句，意境虽各不同，而玄言隽辞，深造微妙，则一也。

梦中诗，昔人颇多佳咏。余亦时有所作，惜醒后辄忘。惟忆幼时曾于梦中作诗多首，醒后仅记二语云："意花原烂熳，心月自孤寒。"时余尚未综览内典，不知"心月"二字为禅语，辄疑为未妥。伯华见之亟称赏，谓为宿根发现。光绪三十二年十二月十九夜，梦中复得一联云："一水言愁传古调，万山攒翠见新妆。"此则寻常语尔。

谭复生《莽苍斋诗》，五律喜学唐贤高调，卓尔不群。《晨登衡岳祝融峰》云："身高殊不觉，四顾乃无峰。但有浮云度，时时一荡胸。地沉星尽没，天跃日初镕。半勺洞庭水，秋寒欲起龙。"《夜泊》云："系缆北风劲，五更荒岸舟。戍楼孤角语，残腊异乡愁。月晕山如睡，霜寒江不流。窅然万物静，而我独何求。"七律奇伟，弥肖其人。《和人除夕感怀》云："我辈虫吟真碌碌，高歌商颂彼何人。十年醉梦天难醒，一寸芳心镜不尘。挥洒琴尊辞旧岁，安排险阻着孤身。乾坤剑气双龙啸，唤起幽潜共好春。"又："年华世事两迷离，敢道中原鹿死谁。自向冰天楝奇骨，暂教佳句属通眉。无端歌哭因长夜，婪尾阴阳胜此时。有约闻鸡同起舞，灯前转恨漏声迟。"又断句："送人意无尽，惟有故乡山。"亦佳。

义宁曹东敷（震）旅居秣陵，素未相识，昨以《春兴用侯朝宗韵十六首邮寄》见示。兹录其十二首云："苍莽江流不可澄，几经深谷与高陵。化为海水茫茫立，送到神山岸岸层。香象渡河虚有迹，空王出定亦无能。漫凭机织输鲛泪，浪惜明珠总未应。”又：“万马齐瘖冀北空，骊黄牝牡入群融。野花隐有经年意，春树都能数日红。已渡江才悲白燕，既平水不祀黄熊。（叶韵）刘伶怕着千秋想，旧恨新愁一酒筒。”又：“投笔他年或可期，连天羽葆认葳蕤。男儿自有登台癖，征妇难堪听镜时。雪窖鸣鞭尘梦远，金门献赋客来迟。昨宵起舞寒鸡喔，手拭吴钩托与谁。”又：“介丘一亘接昆仑，天遣黄河溺地浑。大陆已成驱海势，千秋今见奠山痕。渭泾合后沦成性，枳橘移来仍旧根。化鹤化沙应有例，蹇驴苦自效骝奔。”又：“秋士何堪又感春，天涯倾胆向何人。一袍欲妒年年草，两鬓繁生缕缕银。琴已无弦空落雁，子曾非我况游鳞。朝餐不用摧车报，世上劳薪数日轮。”又：“彭泽先生种柳时，风流儒雅即吾师。梦中借箸消长夜，镜里簪花尚一枝。干没穷愁旋浸润，陆沉世界要支持。江南自古多春恨，太息狮儿与练儿。”又：“千年心事百年身，落拓何堪又一春。江驿至今传彩笔，蒋陵永夜走青燐。过江子弟闲挥麈，胜国先生只画巾。自有兰成哀赋后，南中痛哭忒多人。”又：“愁思无端借酒消，春明北顾路迢遥。当年剑阁回雕马，此日昆明欲画雕。英武莫言天宝事，鹧鸪或渡洛阳桥。扬波海水今年静，好为周公一献谣。”又：“梦里驰驱尚九州，难持小海向西流。流黄锦照初三月，太白天低尺五楼。风雨不禁万堤柳，烟波坐老一扁舟。莫愁湖水沄沄绿，洗得人间几段愁。”又：“蟾魄乌精一望虚，照依肝胆近何如。不能出塞求天马，纵使成仙也蠹鱼。点缀周书宁雉献，平分海水要犀梳。宝刀若少恩仇恋，知己茫茫或是渠。”又：“人云华国仗文章，贱子惭登大雅堂。借助江山归马史，消磨材略感刘郎。怕教百岁难留氏，如此三春不望乡。孤负阮生青白眼，为谁恸哭为谁狂。”又：“凭吊唏嘘过白门，可能重向杏花村。一杯酒劝长星醉，十丈尘腾野马昏。孔嫔飞笺匀弱腕，蜀王催客动春魂。雨花台下千官冢，白鹤何从问子孙。”诸作意态雄杰，未可以绳尺拘也。

清露始下，岁冉冉秋矣。寄禅上人由天童山中来沪，出示新诗，多作险语，颇有唐李洞鲸吞洗钵水犀触点灯船之致。读竟赞叹，录存于此。《夜登玲珑岩》云：“老僧好奇险，古洞夜深探。螺旋佛头绿，萤飞鬼面蓝。披云踏松影，扫月坐蒲龛。到此忘炎郁，禅从冷处参。”《广律师于玲珑岩习定因作伽陀二首奉赞即题岩壁》云：“一笑诸缘尽，千岩片石悬。代灯山鬼火，煮茗毒龙涎。灵境不可住，虚空无碍禅。百城烟水渺，曾踏铁鞋穿。”又：“翠冷心无热，苔生面不揩。狂猿从习定，瘦虎伴持斋。煨芋延残息，写经临烂柴。何劳营寿藏，已被白云埋。”又《登玲珑岩寻广头陀戏效孟郊体一首》云：“一步一回首，细领烟萝容。秋花润渴壁，微雨苏病松。偶攀瘦藤上，忽与枯禅逢。绽衣不用布，自剪云片缝。”末二语朴质，神似东野矣。

吾曩闻人言湘中陈梅根之诗喜学少陵，屡欲搜索其诗未有得也。今乃从友人辗转抄得《近感五律三首》云：“潭畔鲛人从，山中猛虎吟。孤生徒自感，细竹不胜阴。花落春犹在，风轻夏渐深。弹琴怀舜德，慎勿启戎心。”又：“榴枝荣绣襭，荷渚叠青盘。时物知争变，山禽尚自欢。蝶掇余花散，蚊嬉暝气攒。人间欣日近，远远望长安。”又：“四月月圆夜，帏开屏（仄声）烛光。细萤偷暗影，惊蝠扑微凉。尚约春风缓，未添秋漏长。平生不饮酒，醒眼更茫茫。”梅根名鼎，湘潭诸生，穷而笃学，与同里寄禅上人交最善。卒于光绪壬寅，年四十许。其友相与辑缀其遗诗梓之，曰《姜畬集》，从旧名也。或曰所刊诗犹有遗珠之憾。

唐诗胎息醇厚，融景入情。如悬河注水，令人酌之不竭。湖南人多效之。近见曾重伯太史《九月十六夜月晕怀陈伯弢诗》云："月华临桂殿，邃宇锁新秋。正有淮南术，能添塞北愁。轩铜来照影，汉帐去移筹。凉气初弥宇，清辉并上楼。怀人从此始，相忆总悠悠。"摛辞清蔚，气味逼近初唐。

王壬秋先生尝有《晓上空泠峡绝句》云："猎猎南风拂驿亭，五更牵缆上空泠。惯行不解愁风水，瀑布滩雷只卧听。"只二十八字，而傲岸之气溢于言表。音节浏亮，殊类太白龙标。此篇乃湘绮楼未刊稿，湘绮翁为其门人陈伯弢书屏之什。

金坛冯梦华中丞（煦）夙以词名，而诗亦甚工。录其《书建康同游记后寄伯琴拂青绝句》云："烟水凄迷画里春，残山剩水断无人。潘郎憔悴刘郎隐，谁向江干采白蘋。"《秦淮灯舫曲》云："邀笛人归蜡炬残，梦回闲煞曲栏干。玉绳转后微云淡，小簟轻衾各自寒。"风神绰约，颇似玉溪。又《夜雨有怀》云："淮南一夜潇潇雨，莫倚空帘弄晓寒。"意味渊永，真佳句也。

近又见江建霞京卿《汉冢石》诗一首，乃和其师李仲约侍郎和林金石诗之一也。诗云："青冢年年塞草青，汉家遗碣尚亭亭。纸灰吹起西同急，来读徐郎百字铭。"哀感流丽，风神奕奕。每一诵之，不禁叹江郎彩笔犹在人间。郑太夷先生新筑海藏楼于上海北郭外，俯挹广原，弥得野趣。陈伯严吏部自秣陵寄诗题其楼，太夷先生亦有赋答之篇。此二诗，两先生皆为余书扇，特录于此，以志诗坛两雄。云龙角逐，固无异韩孟之交情也。陈《寄题太夷海藏楼》云："士生恣所为，录录尸其用。此意跨宙合，偶博知者痛。太夷齐隐见，身手并凿空。历块睨都邑，辔勒自制控。割烹诚细事，莫发明王梦。龃龉千载胸，宁问吾从众。挂口海藏楼，突兀见高栋。花树占瓯脱，风雨有帡幪。蛟螭不敢前，燕雀不敢共。宵吟荡不还，微为魈魅重。吐景万象过，杯外供一哄。我来欲与言，亏成恐聚讼。”郑《答伯严见赠》云：“义宁贤父子，豪杰心所归。伯严不急仕，峻节如其诗。栖迟对蒋山，睥睨郁深悲。天将纵其才，授子肆与奇。神骨重更寒，绝非人力为。安能抹青红，搔头而弄姿。昨者哦五言，缄封肯见遗。发之惟鹤声，一一上天飞。高谈辟户牖，要道秘枢机。愿闻用世说，胡为靳相规。噫嘻戊戌人，抚心未忘哀。大名虽震世，岂如我独知。”

扬子张丹斧负诗名。余未识其人，曾闻人诵其断句录入诗话。君近客丹徒，手写诗篇见寄。《遣兴》云：“高楼斜日看余晖，独客经冬生事微。白雁渡江芳草歇，饥乌啄屋柳枝稀。花时小妓钗钿出，雪后诸郎笠屐归。休向故山问消息，故山无恙故人非。”《无题》云：“初入帘栊畏晓莺，冷灰残烛写幽清。银河绕树窥鸾梦，密雾封花泥犬行。吹笛长廊红袖远，眠琴小榭绿尘生。十年朽尽风檐铁，犹作当时走马声。”清拔艳丽，雅近飞卿。

顾石公居于金陵西门内之钵山薛庐（全椒薛慰农先生故宅）之侧，冈峦拱抱，林木森蔚。远城市炎嚣，具岩壑之趣，诚处士之幽栖也。石公每逢人日，辄剪园蔬挑野菜以荐春盘延嘉客，谓之“挑菜会”。主宾尽醉，谐嘲间作。石公或使酒骂座如灌夫，座客不堪至有亡去。然明日相遇则如常，故人相目为酒狂，罔有惎及者。石公卒后，韵事遂废。陈伯严吏部有《丁未人日遣兴七古》云：“瓦沟残雪明檐牙，园林一例春气加。眼目晃漾筋力弛，杂树日出翻鸱鸦。岁岁今辰挑菜节，钵山诗老相要遮。潭泛深靓峦壑秀，构架亭馆笼晴霞。摘蔬剪韭映鼎碗，错列炙雁堆蒸豭。主人嬲客轰百盏，势若克敌金鼓挝。呼声动地屋瓦震，旗靡辙乱西日斜。乍肯受降到膝席，抱头窜避同鹿麚。堂堂斯人竟蜕去，城中好事今谁耶。壁间诗句几剥落，藤萝小径空藏蛇。当时座客亦星散，或役江海羁京华。欲沿故事揽风物，出门谁诣回游车。况复世难迫旦暮，上下屼厄交纷拏。疮痍饿殍极千里，荡洗宁问犁与耙。吾侪追念饮文字，承平遭际犹堪夸。自摩鬓发忍腹痛，坐嗅墙梅三两花。”慨慕曩游，记述嘉会，爰识之以为金陵之故实也。

印度自大乘法东来，外道迭起，佛教沦亡，至今日遂无一僧，有则皆婆罗门教徒而已。夏森先生重游印度，见佛寺改为湿婆教，供淫祀。为之感慨赋一律云：“踏遍阎浮何所之，庄严佛土尽离披。是时为帝相非矣，大转回轮翩反而。净秽早知无拣择，教家如此太离奇。人天非想非非想，万法冥冥万劫悲。”又一首云：“匪虎兕耶游旷野，又河沙矣再西游。庄严净土成淫祀，胜会灵山今冷秋。全印无僧无佛法，有生尽劫尽离忧。本来不作生天想，为拯斯人甘狱囚。”悯世伤乱，发为讴吟。释迦有言：我不入地狱，谁入地狱。行菩萨道者，固执持此义也。余尝谓大乘之旨，今惟吾国独存。天如欲丧斯旨也则已，天如不欲丧斯旨也，舍吾国其谁属耶。至于印度亡国，乃亡于佛教灭绝以后。是亡于外道，非亡于佛。史乘具在，较然著明。时人不察印事，辄以此訾佛。误矣。

寄禅上人近由天童山中来，出示《山居遣兴一律》云：“自喜幽居道味深，禅余聊复动清吟。白云抱石有真意，明月向人亡照心。稚笋眼看能障日，雏松手种已成阴。闲中不觉吾身老，坐卧青山白发侵。”项联一作“抱石有冷趣”“在天无照心”，一作“抱石有远意”“终天无古心”。余为简定“有真意”“亡照心”一联，上人颇为印可。

庚戌长夏，炎燠逼人。坐月向晓，得诗一律，似于佛说尚无背驰处。诗云：“琼霄渺渺沉消息，纵诉余情解得不。尘梦无痕出清夜，鸡声随月下欧洲。晓光到眼成新识，旧恨回心似伏流。不向源头参去住，人天历劫几时休。”顷于友人扇头见陈伯严考功所书《秋讯依韵答樊山一律》，乃《散原精舍诗集》未刋之作。诗云：“穿槩压线了生涯，袅袅蜗痕上槅纱。檐溜初分钟阜雨，酒颜犹接女墙花。泣闻时事萁煎豆，痴对宾筵饭煮沙。飘堕秋香凉到骨，独依病树问年华。”余极嗜“钟阜雨”一联，谓当与“落叶满城声似雨，家家楼上有钟山”之句，同为秣陵士女传诵也。

饮冰主人亦号沧江，近著《国风报》，议剀切详明，洵足为国人津道。今春余寄箑索书近什，君即于扇头书云：“辱示索近作，兼使作佛语。频年耽俗学，心径荒茸，殆不可理。深愧无以应明命，厘抄数月来所为古近体若干首就斧大匠，以校少作颇得咫进否。雅勿欲示人，惟思与公一商略耳。顷更拟为长歌，答公《佛学丛书》之约。第须索公一画相易，交换之期限以今月云云。古体如秋风断藤曲，记述时事，哀丽微婉，堪称生平杰作，亦近世史中有数文字也。”诗云：“秋笳吹落关山月，驿路青燐照红雪。大国痛归先轸元，遗民泣溅威公血。遗民哀哀箕子孙，筚路袯襫开三韩。避世已忘秦甲子，右文还见汉衣冠。鲲鳍激波海若走，四方美人东马首。汉阳诸姬无二三，胸中云梦吞八九。其时海上三神山，剑仙畸客时往还。

陈抟初醒千年梦，陶侃难偷一日闲。中有一仙擅狳变，术如赤松学曼倩。移得瑶池灵草来，种将东海桑田遍。楼台弹指已庄严，年少如卿固不廉。脱颖锥宁安旧橐，发硎刀拟试新銛。唔呼箕子帝左右，听庳不恤充如褎。天外愁云尽楚歌，帐中乐事犹醇酒。偪阳自幸僻在戎，虞公更恃晋吾宗。谓将牺玉待二境，岂有雀角穿重墉。频年一郑斗晋楚，两姑之间难为妇。宁闻鹬蚌利渔人，空余鱼肉荐刀俎。大鸡锑冠小鸡雄，追啄虫蚁如转蓬。事去已夷陈九县，名高还拥翼诸宗。北门沉沉扃严钥，卧榻宁容鼾声作。赵质方留太子丹，许疆旋戍公孙获。皤皤国老定远侯，东方千骑来上头。腰悬相印作都统，手搏雕虎接飞猱。狙公赋芧恩高厚，督我如父煦如母。谁言兖树靡西柯，坐见齐封作东亩。我泽如春彼黍离，新亭风景使人疑。人民城郭犹今日，文武衣冠异昔时。笑啼不敢奈何帝，问客何能寡人祭。秦庭未返申子车，汉宫先拥上皇簪。十万城中旭日旗，最怜沉醉太平时。蔡人歌舞迎裴度，宛马骎驰狎贰师。不识时务谁家子，乃学范文祈速死。万里穷追豫让桥，千金深袭夫人匕。黄沙卷地风怒号，黑龙江外雪如刀。流血五步大事毕，狂笑一声山月高。前路马声寒特特，天边望气皆成墨。阁门已失武元衡，博浪始惊沧海客。万人攒首看荆卿，从容对簿如平生。男儿死耳安足道，国耻未雪名何成。独漉独漉水深浊，似水年年恨相续。咄哉勿谓秦无人，行矣应知蜂有毒。盖世功名老国殇，冥冥风雨送归樯。九重撤乐宾襄老，士女空闾哭武乡。千秋恩怨谁能讼，两贤各有泰山重。尘路思承晏子鞭，芳邻拟穴要离冢。一曲悲歌动鬼神，殷殷霜叶照黄昏。侧身西望泪如雨，空见危楼袖手人。”近体如《遣怀》云：“黄梅天气兼旬卧，百感沉沉黯夜堂。遗世遥峰时作暝，殢愁丝雨不成狂。海鸥受命酣风浪，衡雁费声徇稻粱。物理推寻得无闷，更容高咏破苍茫。”《累夜梦仲弟二首》云：“三夜梦君关塞黑，一尊相属夕阳残。彩衣忽作儿时戏，竹马骑过屋后山。旅话残棋惊急劫，更扪瘦骨劝加餐。觉来满枕荒鸡唱，黄月依微照影单。”又：“嗟我春来久苦饥，朝朝厨碗冷斋麋。容颜颇为行吟悴，神理还能学道肥。阅世几消青白眼，迕时错画浅深眉。知君共有秋怀抱，试撷孤芳制芰衣。”辞新而旨远，真见道之言。

闽县林琴南先生（纾），惓惓忠爱，笃尚风义。余曩遇之京师，麈谈竟日。读其《畏庐文集》，语似韩柳。善画，喜用湿笔，得王廉州神理。贫居自隐于小说家，世遂以此称之，未足尽其生平也。兹从友人处觅得其七律数首，亟录存此。自题《江行觅句图送杨昀谷太守之蜀中》云：“生平不识嘉陵道，却写夔巫上峡舟。为爱诗人能作郡，聊将画卷记清游。从今编集多新语，沿路闻猿及早秋。日日推篷山色在，应无余地着离忧。”《同高愧室过伯茀光禄墓下》云：“夙言殉国定谁先，果践斯言讵有天。万事还君无见好，此来及我未衰前。荒田迎面余双碣，（自注：墓在麻田中）新桧齐眉可五年。同奠尚余高子在，方侯墓草已芊芊。”（自注：雨亭下世二年矣）《邯郸道中》云：“人间那得九还丹，往事黄粱足笑姗。行客仍然梦富贵，先生今日过邯郸。雪光一白连荒裔，鸦点纷来赴暮寒。闻道过江山色好，道中未计岁将阑。”先生诗学宋人，多性灵语。伤乱述怀，直入少陵之室。而稿多焚弃不传，曾见有《闽中新乐府》甚佳，今不复记忆矣。

曾觙盦太史近以所著《环天室诗集》见寄，有游仙和梁璧园艳体四律，乃咏四朝贵者。尝以湘绮老人名登之湘中报，世遂误以其表弟聂琯臣之诗为君作。今录君诗于此，且正其误。诗云：“楚国佳人号绛霄，芙蓉新殿斗纤腰。不教茅许同珠藉，偏有裴樊渡石桥。芝馆乌龙惊绣榻，桃源仙犬吠云翘。青童昨夜朝王母，一夕微霜蕙叶凋。”善化 又：“桂海争传萼绿华，瑶池曾驻六萌车。一从月姊承恩泽，多少星娥足怨嗟。谁遣坏陵弹散雪，空持倾国对流霞。三山采药愁真诰，冷尽天台洞口花。”西林 又：“圣女祠前宝扇回，元君墀下绣帘开。相从诸娣鸾为佩，第一仙人凤作钗。妒雪未消栀子结，行云翻罢牡丹鞋。洛滨明月漳滨雨，不踏金莲不肯来。”项城 又：“琼岛天风紫电光，上清归路到披香。绮窗本托青飞雀，羽猎偏骑白凤皇。无复银槎开夜宴，悔教菱镜照春妆。华阳不是无丹诀，待得丹成海有桑。”洹阳 觙盦又有《庚子落叶词》十二首，曩尝录示，谓为某女士作。其诗余已具录于前。今读其诗集，乃知亦出于假托而自隐其名者也。

郑太夷先生近游奉天，有《中秋壶卢岛（在锦州府）夜起五古》云：“天开辽东湾，海献壶卢岛。通塞岂有数，营此恨不早。何来海上客，负手睨苍昊。驱车涉惊潮，蹑履下峰杪。舞鸥翩相迎，击浪忽群矫。水母大如轮，揽视旋弃掉。冈峦纷离合，酾海作数道。西北如列屏，开场对浩渺。千载置不顾，得之出意表。长堤截怒涛，可使变城堡。豫期十年后，楼观郁相抱。层冰虽触天，到此荡如扫。向夕云密布，疏雨凉袅袅。宵深梦一觉，吼啸颇相搅。开门月未堕，飞雪卷秋缟。群山正弄影，倒浸参与昴。洛神疑欲出，绝世凌缥缈。清寒不可当，仙骨嗟已老。救时独悲愤，后着苦难好。却思归楼中，酣眠直至晓。”辽东区域，罕见讴吟。今得诗家以佳篇写之，奚啻文渊画地，了如指掌矣。

余曩之被毁诗稿，今又忆得数联。及闲中偶得断句而未成篇什者，汇录于此，用备遗忘。“风雨绵绵留永夜，河山脉脉供斜阳。”“残梦依稀迷晓月，层楼婉转界繁灯。”“随例又传名不朽，此生无奈水东流。”“要知茵溷缘谁设，便道贤愚也偶然。”“清夜明明人世去，春愁恻恻梦中来。”“一灯水阁清宵雨，双鬓风帘永夜霜。”“短梦宁存千古意，一灯不负五更心。”“取舍皆非缘我相，风幡不动属何心。”“纵使三春依旧在，已多九月别离时。”“斜照不知春已暮，余光倾向野桃花。”“此中妙意谁能解，花正开时恰见君。”“解得梦中真有地，春归人去又何方。”“芳春又去无言说，扑簌飞花散九州。”

平等阁诗话卷二终

图书在版编目（CIP）数据

平等阁诗话 / 狄葆贤著. — 西安：西北大学出版社. 2019.3

（中国现代出版家论著丛书 / 郝振省主编）

ISBN 978-7-5604-4326-3

Ⅰ.①平… Ⅱ.①狄… Ⅲ.①诗话-中国-古代 Ⅳ.①I207.22

中国版本图书馆CIP数据核字(2019)第048060号

中国现代出版家论著丛书

平等阁诗话

狄葆贤 著

出版发行：西北大学出版社

地　　址：西安市太白北路229号　　邮　编：710069

网　　址：http://nwupress.nwu.edu.cn　　邮　箱：xdpress@nwu.edu.cn

电　　话：029-88302590

经　　销：全国新华书店

印　　装：陕西博文印务有限责任公司

开　　本：890毫米×1240毫米　1/32

印　　张：3.75

字　　数：85千字

版　　次：2019年3月第1版　2019年3月第1次印刷

书　　号：ISBN 978-7-5604-4326-3

定　　价：30.00元

如有印装质量问题，请与西北大学出版社联系调换。

电话：029-88302966